JN084821

私が妊娠している時に浮気ですって!?
旦那様ご覚悟宜しいですか?

登場人物紹介
ラルフリード
ベネット王国の第一王子で、
シャーロットの初恋の人。
夫に浮気されて消沈する彼女を、
何かと助けてくれる。
ルーカス
シャーロットとスティーブの子供。
サンチェス公爵家の象徴である、
銀髪と青い瞳を持つ。
シャーロット
サンチェス公爵の一人娘。
愛称はシャル。
祖父に結ばれた婚約により、
スティーブと愛のない結婚をする。
妊娠中に夫の浮気が発覚したので、
復讐する決意をして――!?

セバス
サンチェス公爵家の執事長。
調査能力に長けている。
アレクシス
ベネット王国の宰相を務める
現サンチェス公爵で、シャーロットの父。
娘を溺愛している。
スティーブ
トンプソン伯爵の次男で、
シャーロットの夫。
とてもお馬鹿さんで、
日々シャーロットを
呆れさせている。
マイア
キャンベル男爵令嬢。
スティーブの浮気相手で、
容姿は愛らしいが、
自分勝手な性格。

プロローグ

「わたしのお腹の中にはスティーブ様との子がいるんですぅ！　だから、あなたはスティーブ様と別れて、ここから出て行ってください！」

わたくしはこのお花畑脳の女の言っていることを、一瞬理解できませんでした……

◆　◆　◆

皆様、はじめまして、ごきげんよう。

わたくしはシャーロット・サンチェス。

ベネット王国の筆頭貴族であるサンチェス公爵の一人娘でございます。

そんなわたくしの旦那様は、スティーブ・サンチェス。元はトンプソン伯爵の次男です。

金髪に緑の瞳と見た目だけは麗しいですが、ものすごくお馬鹿さんなのです。

何故そんな彼と結婚したかというと……わたくしと旦那様の祖父達の口約束が現実となってしまったからです……

わたくしと旦那様の祖父達は古くからのお友達で、元々は自分達に同じ年頃の男女の子が生まれれば結婚させようという話でした。

しかし、祖父達には男の子しか生まれなかったので、その話はなくなりました。

それから時は経ち、わたくしと旦那様が生まれ、まだその時当主だった祖父達が「子供の代わりに孫達を結婚させよう」と、婚約を結んでしまったと……

わたくしとしては、もっと頭のよい人と結婚したかったですわ。わたくしがいくら補佐したとしても旦那様がアレでは……不安しかありません。

おじい様達は旦那様を公爵家当主にするようにと約束したようですから。

このままではお馬鹿さんが由緒正しい我が公爵家の当主になってしまうので、婚約についてはおじい様を恨（うら）みますわ。もうちょっとわたくし達が大きくなってから考えて、婚約を決めてほしかったです。まあ、過去を嘆いていても仕方がないのでやめますが……

そんな不安と不満はありますが、旦那様とは仲睦（なかむつ）まじくとはいかないものの、よくやっていると思っていました。貴族の間では、愛のない政略結婚はよくあるお話ですから。

――問題が起こったのは、わたくしが妊娠し、出産間近となった日のことでした……

第一章

わたくしは出産間近でしたが、サンチェス公爵家の屋敷の執務室で仕事をしていました。

本来なら旦那様であるスティーブの仕事なのですが、彼は他の仕事で精一杯なようなので、わたくしがするしかないのです。

「シャーロット様、一休みしてはいかがでしょうか？」

そう声を掛けてきたのはわたくしの専属の侍女、ジナです。

いつもわたくしが疲れたなと思った時に声を掛けてくれます。

「ありがとう、ジナ。それじゃあ一休みしようかしら」

「畏(かしこ)まりました」

そう言って、ジナは手際よく紅茶を淹(い)れてくれます。

ジナの淹(い)れる紅茶は本当に美味(おい)しいですわ。

わたくしが紅茶を味わいつつ休憩していると、執事長のセバスが来ました。

「シャーロット様、ご報告したいことが……」

「何？　セバス？」

「今、屋敷の前で男爵令嬢が、シャーロット様に会わせろと騒いでいます。お約束もないので私どもは追い返したいのですが、言っていることが少々気になりまして……」

「何を言っていたの？」

「シャーロット様に直接話すと申しております。何やらスティーブ様に関係することだということでして……」

「スティーブの？　はぁ、面倒事はやめてほしいのだけれど……。仕方ないわね、会ってみるわ」

「畏まりました。では応接室へご案内いたします」

セバスは一礼して出て行きました。ジナは心配そうな目でわたくしを見ています。

「シャーロット様、よろしいのですか？」

「しょうがないじゃない……。何をしでかしたのか聞いてみないと。もし、なんでもない話ならそれに越したことはないけれどね……」

これから起こることに、わたくしはひしひしと嫌な予感がしたのでした。


さて、セバスが例の男爵令嬢を応接室にご案内したというので、会いに行くことにします。

「はぁ、自分で会うと言ったけれど、なんだか憂鬱ね……」

「それはそうでございましょう。応接室には私とジナ、護衛も一緒に控えます。身重のシャーロット様に何かあっては大変ですから……」

「そうね、助かるわ」

セバスとそんな会話をしていると、応接室に着きました。

中には可愛らしい雰囲気の女性がいました。ピンクの髪にピンクの瞳。思わず守ってあげたくなるような容姿です。

なんの用かはわかりませんが、わたくしはその令嬢に挨拶(あいさつ)をします。

「お待たせしてごめんなさいね。わたくしがシャーロット・サンチェスですわ」

「わたしはマイア・キャンベルですぅ。今日はお話があって来ましたぁ」

なんだか話し方がイラつきますわね……。まあ、顔には出しませんが。

「なんの御用で？」

「じゃあ言っちゃいますねぇ。わたし、スティーブ様の子を身籠(みごも)ったんですぅ」

――はあ？　なんですって⁉

わたくしだけではなく、セバス達も驚いています。

そんなわたくし達に、キャンベル男爵令嬢は勝ち誇ったように続けました。

「驚くのも当然ですよね！　でも、本当のことなんですぅ」

はぁ、悪い予感が当たりましたわ……

「それで、あなたの発言だけでお腹の子が旦那様の子供だとは証明できませんが……。一体何が目的でわたくしに話をしに来たのです？」

「わたしの子はスティーブ様の子ですぅ！　だってわたし達は愛し合っているんですもの！　わたしに子供ができたらあなたと離縁して、わたしを公爵夫人にするって言ってましたぁ！」

「……なんですって？」

キャンベル男爵令嬢の発言に、わたくしは眉をひそめます。

まあ、別にわたくしはスティーブが誰を愛そうと構いませんが……離縁して、公爵夫人にする？

「一体何をおっしゃっているの？　離縁はまだしも、公爵夫人？　あなたが？　なれるわけありませんわ」

「なんでですかぁ！　スティーブ様と結婚したら、わたしが公爵夫人じゃないですかぁ～。だからわたしがなるんですぅ」

「何を勘違いされているかわかりませんが、スティーブと結婚してもなれませんよ、公爵夫人には」

この公爵家はわたくしの実家。わたくしとスティーブが離縁したら、スティーブのほうが家を出されるに決まっています。

それなのに、男爵令嬢は言い続けます。

「わたしのお腹の中にはスティーブ様との子がいるんですぅ！　だから、あなたはスティーブ様と別れて、ここから出て行ってください！」

わたくしに出て行け？

はっ！　どの口が言っているのでしょうかね？　もう付き合うのはやめましょう。

「本当に失礼な人ね。セバス、お帰りいただいて」

「畏(かしこ)まりました」

キャンベル男爵令嬢をセバスに任せ、わたくしは応接室から出て行こうとしました。もう話すことはないと。

　けれどキャンベル男爵令嬢は不満そうに声をあげます。

「なんでですかぁ～。わたしはスティーブ様が帰ってくるまで待っていますぅ」

「お帰りください、もうあなたとは話すこともありませんし、ここはわたくしの家。旦那様でも好き勝手できません」

「なに、それ？」

　彼女は意味がわからず混乱したのか、今までの話し方とは違い、思わず素が出たようにつぶやいています。

　わたくしは今度こそ振り返らずに、応接室の外に出ました。

「キャンベル男爵令嬢にお帰りいただいて」

　待機していた侍女達にそう言いつけると、わたくしはジナとともに執務室へ戻りました。

　椅子に腰掛け、わたくしは先程の出来事を整理します。

「はぁ……」

「シャーロット様……」

　思わずため息をこぼしたわたくしを、ジナが心配そうに見ています。

　安心させるように、わたくしは小さく微笑みました。

「ジナ、紅茶を淹(い)れてくれる？」

「畏(かしこ)まりました」

ジナは紅茶の準備を始めました。

さて、どうしましょうか？　まず、本当に浮気があったのか調査しなくては……

けれど、わたくしは身重です。自分であちこち行くことはできません。

お父様にご協力をお願いしましょうか？　いえ、あのマイアという男爵令嬢の嘘という可能性もまだありますわ。お父様にこれを伝えると、家をあげての大騒ぎになってしまいます。お父様に言うのは、もう少し何かがわかってからにしましょう。

わたくしが考え込んでいると、ノックの音がしたあとにセバスが部屋に入ってきました。

「シャーロット様、キャンベル男爵令嬢にはお帰りいただきました。これからキャンベル男爵令嬢はこの公爵邸には一切入れないようにいたします」

「そう。そのほうがいいわ。……あと、今日のことを知ったらお父様はとても怒るだろうから、まだ言わないでくれるかしら？　真実かどうかもわからないことで、忙しいお父様をわずらわせたくないわ」

「では、そのように……」

これは、セバスも相当怒っているわね……

「はぁ……」

また、ため息が自然と出てしまいました。

先程まではキャンベル男爵令嬢――改めマイアだとかいう女に負けないように気丈(きじょう)に振る舞ったけれど、どんどん気分が落ち込んでいきます……

「シャーロット様……」

セバスが心配そうな顔でわたくしを見つめていました。

「セバス……。思ったよりもショックだわ……」

「……」

何も言えない様子のセバスに、わたくしは話を続けます。

「最初に、何故？　という思いが湧いてきたの……。わたくし達は幼い頃に婚約が決まってから、ずっと一緒にいた。確かにスティーブに対して、不安や不満があったわ。だけど、それは、スティーブにこのサンチェス公爵家に相応しい人になってほしいという期待があったから……。少しお馬鹿なところもあるけれど、ちゃんと優しくてわたくしのことを大切にしてくれていると思っていたわ。おじい様達が決めた婚約だけど、最終的にスティーブと生涯を共にすると決めたのはわたくしよ。……それなのに」

今日、それがガラガラと崩れ落ちていくような気がしました……

今まで自分が裏切られるなんて思いもしませんでしたわ。

これまでのスティーブとの時間はなんだったのでしょう？

わたくしだけが上手くいっていると思っていたの？

スティーブはいつからあの女と浮気をしていたの？

……いや、まだスティーブが浮気をしているかはわからない。決まっていないわ。

だけど、もし浮気が本当なら……何故スティーブは浮気をしたの？

わたくしはスティーブに何かしてしまったのかしら？

思考はどんどん暗いほうに向かっていきます。

「シャーロット様……こちらをどうぞ」

セバスは、わたくしにハンカチを差し出しました。わたくしは無意識に涙を流していたようです……

セバスからハンカチを受け取り、涙を拭います。だけど、拭いても拭いても涙が溢れてきました。

人前で泣くなんて淑女として失格なのに、涙が止まってくれません……

しばらくすると、パタリと扉が閉まる音が聞こえました。

多分、セバスが気を利かせてわたくしをひとりにしてくれたのでしょう。

今はわたくしの側には誰もいない……

わたくしはそれから、静かに涙を流し続けたのでした。


——ひとしきり泣いたあと、涙は落ち着きましたわ。

大人になってから、こんなに泣いたのははじめてです。

だけど、たくさん泣いたあとにやってきた感情は、不安……

スティーブがもし……もし本当に浮気をしていて、あの女の言う通りだったら、わたくしやこの子はどうなるの？

これからわたくしはスティーブとどうやって過ごせばいいの？

考えすぎて頭が痛くなってきました。

すると、またトントントンと扉をノックする音が聞こえます。

わたくしは一度息を深く吸って吐くと、それに応えます。

「……どうぞ」

「失礼いたします……」

そう言って入ってきたのはジナでした。

「シャーロット様、喉が渇きませんか？」

ジナはニッコリと優しく笑うと、わたくしの大好きな紅茶を淹れてくれます。

そういえばジナに紅茶を頼んでいましたわ……

きっとわたくしが泣いていたのに気づいて、そっとしておいてくれたのだろうと思います。

「シャーロット様、私が愛情を込めて淹れた紅茶です！　これを飲めば、少しだけ、少ーしだけ元気になりますよ」

ジナはわたくしの前に温かい紅茶を置きました。

わたくしは紅茶が入っているティーカップへと手を伸ばして、一口こくりと飲みます。

その途端に、喉が渇いていたことに気づきました。

あんなにたくさん泣いたんですもの、喉も渇きますよね。

一口、また一口と飲むと、体が温まってきます。

先程までは暗い気持ちに呑まれるように、体までもが冷たくなっているように思えました。

だけど、ジナの愛情が込められた紅茶を飲むと、心が少しだけ軽くなった気がしたのです。

「……ジナ、美味しいわ」

自然と笑みがこぼれました。

「シャーロット様、それはようございましたわ！」

わたくしの表情を見て、ジナも少しホッとしたように笑顔を見せてくれます。

少しだけ、弱音を吐きたくなりました。きっとジナなら許してくれるでしょう……

「ジナ。今日、スティーブを前にしても平然としていられるかしら……？　まだ、直接聞く勇気はないの……」

「シャーロット様……」

「ごめんなさい、少し、少しだけ弱音を吐きたくなったの……」

再びジナに心配そうな顔をさせてしまったわ。

これではいけません……。スティーブが帰ってくるまでに、気持ちを切り替えなければ……

だから自分に言い聞かせるよう、言葉を紡ぎます。

「大丈夫、きっと大丈夫よ。わたくしはこのサンチェス公爵家の一人娘。立派な淑女よ。スティーブに向き合わないと……」

そう言うと、自分の中で何かが変わったように思えました。

これでスティーブの前でも取り乱すことなく、いつものわたくしでいられる気がします。

――大丈夫、きっと大丈夫。

そう心の中で何度も唱えました。


その日の夜、スティーブは何事もないような顔をして帰ってきました。

「ただいま、シャーロット。いや〜、仕事が大変で疲れたよ」

「そうでございますか。それはご苦労様ですわ」

わたくしはいつものように笑顔でスティーブを迎えます。

本当はマイアという女のことを問い詰めたいですが、言い出せません……

わたくしがモヤモヤとした感情を笑顔で隠していることにスティーブは気づかず、呑気(のんき)に問いかけてきます。

「シャーロット、体調はどうだい？　お腹の子も元気かい？」

「はい、わたくしは大丈夫ですわ。それにお腹の子も元気に動いています」

スティーブはわたくしのお腹に触り、「元気に生まれてこいよー」と声をかけます。

本当に、スティーブはわたくしとの子が生まれることを望んでいるのでしょうか？

それに、あなたの子を身籠(みごも)っているのはわたくしだけではないのでは？

そんな思いが溢(あふ)れてきます……。だけど、わたくしはなんとか幸せそうに微笑みました。

「元気に生まれてきてくださいね」

わたくしもそう言い、スティーブと笑い合います。傍(はた)から見たら、幸せそうな家族でしょう。

しかし、現実は違います。

わたくしはマイアが来た時から、モヤモヤとした気持ちでいっぱいです。今も……

わたくしがそう考えていると、スティーブが突然思い出したように口を開きました。

「ああ、そういえば、一週間後に出張が決まったんだ」

「えっ？」

「すまない、どうしても断れなくてね……」

スティーブはすまなそうな顔をしています。

本当にすまないと思っているのでしょうか？　そんな気持ちが自然と湧き上がってきます……

「どうして、出張なんてするのですか？　あなたの仕事には出張なんてありませんよね？」

少し言葉に詰まったけれど、スティーブに問いかけます。

「っ⁉　そ、それは、ほら、僕の実家の領地があるだろう？　そこで新しく国の公共事業をするから、手伝いに行くんだ！」

……国の公共事業？

今のスティーブの言い訳じみた言葉に、ハッとしました。

スティーブの仕事は王城の文官で、出張などありません。

それに、お父様がスティーブのお馬鹿さ加減を考慮して、そんなに重要でない仕事を斡旋したと言っていたから、忙しくなるなどありえない……

だけど、不思議なことに、最近は忙しいと言って登城したきり帰ってこない日が何度かありましたわ。その時にあの女と会っていたのではなくて？

一度そう思うと、スティーブに対しての疑いは深まるばかり。

それに、出産間近のわたくしをおいて出張に行く？

自分の子がはじめて産まれるのに、心配じゃないのでしょうか？

そう思ったので、素直に気持ちを言ってみます。

「そうなのですか？　でも、わたくしは出産間近なのですよ？　あなたが出張に行く必要は本当にあるのでしょうか……？」

「それはわかってくれ。仕事なんだよ」

「だって、わたくし初産で不安なのですもの……。側にいてほしいですわ……。そうだ！　お父様に頼んで出張を別の者に変えてもらいましょう！」

「そんなことしなくていい！　僕は出張に行く。君は余計なことをするな！　お義父様に言うなんてこと、絶対にしてくれるなよ」

わたくしの提案に、スティーブが声を荒らげます。

そんなに怒ることでしょうか？　それほどまでにお父様に話されるのが嫌なのでしょうか？

そして、さらに驚くことをスティーブは言いました。

「それと、明日も仕事が忙しくて帰ってこられそうにない」

「っ⁉」

明日も帰ってこられないですって⁉

何かが、わたくしの中に湧き上がってきます。

それは先程までの悲しい気持ちや不安な気持ちではなく、明らかな怒りでした。

スティーブはわたくしのことをなんだと思っているのでしょうか？

初産を控えた妻がいるのに好き勝手に行動して、理由は仕事だからの一点張り。わたくしに寄り添おうともしない。本当に仕事なら仕方がないと諦めますが、この人には浮気の疑惑があります。

それに疑惑の有無にかかわらず、この態度はありえません。

けれどふつふつと湧き上がる怒りを抑えて、理解のある妻を演じます。

「わかりましたわ……。出張、気をつけて行ってらっしゃいませ。それと、明日もお仕事頑張ってくださいまし」

「ああ、最初からわかってくれ。仕事なんだから」

「……」

あー、イラつきますわね！　その言い方はなんなのです！　本当に何様なのでしょうか⁉

まあいいですわ……。わたくしはわたくしで動きましょう……

「トンプソン領に行くのでしたら、お義父様とお義母様によろしくお伝えください」

「わかった」

本当はどこへ向かうかわかりませんが、今はスティーブの前では大人しく微笑んでいましょう……

スティーブが自室に戻ったことを確認したあと、わたくしは自分の執務室へ向かい、行動を始めました。

もちろん、先程のイライラした気持ちをおさめるために、ジナに紅茶を頼みます。ジナはすぐさま紅茶を淹れてくれました。

紅茶を飲んで気持ちを落ち着かせながら、これからすべきことを考えます。

まず、スティーブが本当に浮気をしているかの調査。もし浮気をしていたなら、それはいつからなのか？　これはセバスにお願いしましょう。

それと、スティーブの仕事について。

家に帰れないほど忙しくなったり出張があったり、どう考えても怪しいです。

今回のトンプソン領での国の公共事業だって、本当にあるのかどうかすら疑わしい……けれど、王宮に行かないわたくしには、スティーブの仕事内容を全て明らかにするのは不可能です。

お父様に聞けばわかるでしょうが、それはまだ避けたい……それならば、この国で二番目に権力のあるレティお姉様に聞いてみましょう。

レティお姉様なら王宮の仕事のことや、国の公共事業のことは知っているはずです。

そう決めたら、早速レティお姉様に手紙を書きます。

『レティお姉様へ
お久しぶりでございます。近頃はどうですか？　お忙しいかと思いますが、体調など崩されていませんか？

わたくしは日々お腹が大きくなり大変ではありますが、幸せを感じる日々を過ごしています……

ですが、ひとつだけ心配なことがございますの。わたくしの夫であるスティーブのことです……

最近、スティーブはお仕事が忙しく、家へ帰ってこられない日がありますの。

わたくしがスティーブの仕事に口を出すのは憚(はばか)られるので、レティお姉様が知っていることをこっそりと教えてくださいませんか？

もしかしてスティーブの多忙は、トンプソン伯爵領で行(おこな)われるという公共事業が原因でしょうか……？

身勝手な話で申し訳ないのですが、お返事、お待ちしております。

シャーロット』

レティお姉様への手紙を書き終え、わたくしはセバスを呼びます。

セバスは部屋の外に控えていたようで、すぐに来てくれました。

「セバス、あの男爵令嬢が言っていた通り、本当にスティーブが浮気していたか調査してくれる？　事実確認をしましょう。あと、これを王宮のレティお姉様へ届けてほしいの」

「畏(かしこ)まりました」

セバスは恭(うやうや)しく頭を下げました。

とりあえず、レティお姉様には手紙を出しましたし、セバスの調査報告を待ちましょう……

第二章

マイアが突撃訪問してきた、翌日。

わたくしはスティーブが登城するのを見送り、執務室で公爵家の仕事をしておりました。

旦那様は身重のわたくしをおいて、今頃何をしているのでしょうか？

そんなことを考えてお昼が過ぎた頃、セバスがやってきました。

「シャーロット様、お客様でございます」

「あら、どなたかしら？」

首を傾げていると、セバスの後ろからひょこりと頭が現れます。

「僕だよ？　シャル」

「ラルフ様！」

お客様とは、ラルフ様のことだったのですね！

彼はラルフリード・ベネット。この国の第一王子です。

彼は王家の証である赤みがかった金髪に、赤い瞳をしています。

わたくしのひとつ年上で……それに、わたくしの初恋の人。今となっては昔のことですが……

わたくしは突然の来客に驚きながらも微笑を浮かべます。

「ラルフ様は、今日はどうしてここへ？」

「シャル、姉上に手紙を書いたでしょ？　姉上がそれを読んで、シャルのことが心配だから直接様子を見てきてほしいと言われたんだ。姉上は何かと忙しいから、代わりにね。僕も姉上から手紙の内容を教えてもらったよ。スティーブの仕事について気になることがあると……」

セバスがすぐに届けてくれたのか、レティお姉様はもう手紙を読んでくれたのですね。

お父様がこの国の宰相を務めているため、わたくしは幼い頃から王族の方々と交流があり、レティお姉様とラルフ様、レティお姉様の婚約者のサミュエル様とはよく遊びましたわ。

レティお姉様はわたくしを本当の妹のように可愛がってくれていますので、今回の手紙の内容に違和感を持ち、心配してくださったのでしょう。

わたくしはラルフ様に頷きます。

「ええ、少し気になることがございまして……。とりあえずラルフ様、座ってお話ししましょう」

わたくしとラルフ様は応接室へと移動し、ジナにお茶を用意してもらいました。

腰を落ち着けると、ラルフ様が口火を切ります。

「さて、シャルが姉上に聞いていた件についてだけど……」

「ええ、スティーブは本当にお忙しいの？」

「いや、全然忙しくないね」

……やっぱり。

落胆した様子をあまり見せないように、わたくしはラルフ様の話の続きを聞きました。

ラルフ様は、スティーブの仕事量であれば定時で帰れるということ、トンプソン領で行われる国の公共事業など存在しないということ、出張の予定はなく、ただ一週間休みを申請しているだけだということをおっしゃいました。

——結果、まったく忙しくないということです。

ラルフ様は話し終えると、やれやれと首を横に振りました。

「まったく、トンプソン領で国の公共事業なんて……。とんだ嘘だね」

「そうですの……」

わたくしは思わず肩をすくめました。

これは、スティーブとマイアの浮気は限りなく黒に近いということです。

出張と嘘をついて一週間の休暇をとるなんて……マイアと浮気旅行にでも行こうとしているとしか考えられません。

わたくしが心の中で情報を整理していると、ラルフ様が不思議そうに言います。

「どうして、スティーブはこんな嘘をついたのかな？」

「……浮気ですわ」

「……えっ？」

わたくしは言葉を失っているラルフ様に、これまであったことを説明しました。

突然スティーブの浮気相手を名乗った女性が公爵邸に来たこと。

それから、スティーブが不自然なくらいに忙しいと言っていることに気づいて、浮気が本当なのではと思ったこと。

確かめるためにスティーブの仕事について知りたくて、レティお姉様に手紙を書いたこと。

そしてラルフ様がおっしゃっていたことを聞く限り、スティーブが浮気をしていることは確かだと思えること。

全てをラルフ様に言いました。

「……そうか。許せないな……スティーブは自分の立場がわかっていないのかな？」

……ええ、わかっていないから浮気などできるのでしょうね……

ラルフ様の言葉を聞いて、改めて沸々と怒りが込み上げてきます。

わたくしを馬鹿にしているのかしら？

浮気に全然気づかないわたくしを笑っているのかしら？

そう思うと、スティーブには仕返しなどという可愛らしいものではなく、それなりの復讐をしたいと思い始めます……。それに、もうわたくしに誠実でない人だとわかった以上、共に生涯を過ごすことすらごめんですわ！

——離縁。

その言葉が頭の中に浮かび上がります。

そうですわ、もう離縁してしまいましょう。

そう怒りに任せて思った時、わたくしのお腹がポコッと蹴られました。

「あっ……」

途端に頭が冷えます。

「シャル、大丈夫？」

ラルフ様はわたくしの小さな変化を感じたようで、心配そうにこちらを見ていました。

わたくしはニコッと笑い、なんでもないように言います。

「ええ、大丈夫ですわ。今は赤ちゃんがわたくしのお腹を蹴ったのです」

「そう、元気な子だね。それなのにあいつは……」

お腹をさすり、わたくしの子を思います。

この子から父親を奪っていいのでしょうか？

それにスティーブと離縁したら、いくらこちらが悪くなくてもサンチェス公爵家の名に傷がついてしまうのでは？

おじい様同士のスティーブに公爵を継がせるという約束を反故にしたら、お二人の仲が悪くなってしまうのでは……

たくさんの不安がわたくしを襲います。

だけど今はラルフ様がいらっしゃるから、その思いは心の中に留めておきましょう。

わたくしは不安を見せないように別の話題を振ります。

「そういえば、レティお姉様は最近どうですか？　お元気ですか？」

「ああ、元気、元気！　大変そうだけど元気だよ」

レティお姉様には久しく会えていませんので、それを聞いて安心します。

「よかったですわ！」

「最近は王太女として、もうみんなに認められているしね。父上も、姉上はいつでも王になれると言うくらいに優秀だよ」

レティお姉様は女性でありながらとっても優秀ですの！

わたくしがお手紙を書いた相手であるレティお姉様――スカーレット・ベネット様は、この国の王太女でのちの女王となるお方。そしてラルフ様のお姉様でございます。

「十年前に父上が制度を変え、姉上が王太女になった時は、反感を覚える貴族が多かった。だけど姉上の優秀さと王に相応しい器を持っていることに気づいてからは、誰も文句は言わなくなったよ。やっぱり父上が言うように、能力に性別は関係ないよね」

「!!」

ラルフ様の言葉で、わたくしは決心しました。

そうです！　世間の反応がどうであれ……わたくしがこの子も公爵家も守ってみせます。

その後はラルフ様と世間話などをして、楽しい時を過ごしましたわ。

ラルフ様がお帰りになったあと、わたくしはこの国の制度を確認することにしました。

もちろん、爵位の後継者について……

わたくしは制度について書かれた本を開き、あるページで目をとめました。

「……ありましたわ。えーと……」

『男女問わず第一子を家の跡取りにするべし
男女に能力の差はほとんどないため、より早く教育を始められ、優秀な子を育てることができる
第一子を家の跡取りにせよ』

これは、十年前に今の国王陛下が変えた制度。

この国では、男女を問わず第一子が爵位の継承権の第一位を持つことができます。

ですが、十年前までは男子しか家を継げない決まりだったので、貴族の間ではその慣習がほとんど変わっていません。女子しかいない場合は、婿養子を次期当主に指名する家も減っていないそうです。

古い制度にとらわれていてまだ女当主を認めない貴族も、領主が女だと見下す領民もいるようですが……それでもこれが正しい制度です。

ああ、今までは制度が変わる前に決められたおじい様同士のお約束のことがありましたし、世間の慣例に倣って我が公爵家もスティーブが継ぐのだと考えていました。スティーブがお馬鹿でもわたくしが補佐すれば、なんとかなると。

だから自分が女公爵になる未来は考えていませんでしたが……簡単な話でしたわ。

すぐに思いついてもよかったくらいなのに、やっぱりわたくし、スティーブの浮気に動揺していたのですね……

決めました。セバスの調査でスティーブの潔白が証明されなかった場合……わたくしがお父様に

サンチェス公爵を継ぎたいと相談しましょう。

子持ちの次期女公爵となると、寄ってくるのは地位と財産目的の男性ばかりでしょうから再婚は難しいかもしれません。ですが、この子が次の後継者であることは間違いないのだから後継ぎには困りませんし、独り身でも問題ありません。浮気者で外でも子供を作るような父親がいるほうが、この子に悪影響を及ぼす可能性があるくらいです。

それならば、わたくしはスティーブを切り捨てましょう……

ここまで浮気の疑いが濃いのですから、一度お父様に相談してみましょう。

この子はひとりでわたくしが立派に育てますわ。

そう決意し、わたくしはお父様の帰りを待ったのでした。

この日の夜、やはりスティーブは宣言通り帰ってきませんでした。

今まで疑いもしなかったけれど、これは怪しすぎますわね。

「シャーロット様、公爵様がお帰りになりました」

お父様が帰ってきたら教えてほしいと頼んでいたので、ジナがわたくしの部屋に来てくれました。

「そう。それで、お父様はいつお話できると？」

「今からでもとおっしゃっておりました」

「わかったわ。それじゃあ、お父様とお話ししてくるわね」

そうジナに言って、お父様の部屋に行きます。

「お父様、シャーロットですわ」

「入っていいよ」

「失礼いたしますわ」

中に入ると、わたくしと同じ髪色と瞳をもつ自慢のお父様がいます。

我が公爵家の血を引く証(あかし)である銀髪に青の瞳。

もう四十歳を超えているのに、未だ若々しいお父様がわたくしを見て微笑んでくれました。

「私の可愛いシャル。体調は大丈夫かい？」

「大丈夫ですわ、お父様。今日はお父様にお話ししたいことがありまして……」

「なんだい？　シャルの話ならいくらでも聞くよ」

お父様は相変わらずわたくしに甘いですわね。

幼い頃にお母様が病(やまい)で亡くなってしまってから、顔立ちがお母様そっくりのわたくしのことを、それはそれは可愛がってくれています。

「実は――」

わたくしは昨日のマイアの訪問のことを、お父様に話しました。

すると、だんだんお父様のお顔が険(けわ)しくなっていきます……

「ほぅお……。それは随分と不敬な小娘だな。それに、スティーブ君は婿(むこ)養子だということをわかっているのかな？　浮気の話が本当ならば、それなりの対応をしなければ」

「お昼過ぎにラルフ様がいらっしゃいまして、スティーブのことを教えてくれました。家に帰れないほどの仕事はしていないはずだと……ほぼ確実にマイアと浮気していると思われますが、決定的な証拠はまだ……セバスからの報告を待っている状態です」

そんな話をしていると、セバスがタイミングよく来ました。

「失礼いたします。シャーロット様がこちらにいらっしゃるとお聞きしましたので、参りました。……例の件、調査が終了いたしました。ご報告させていただければと」

「ちょうど今、お父様にも話していたところなの。ここで聞いてもいいかしら」

わたくしがそう聞くと、お父様も頷きます。

「セバス、あらかた事情はわかった。私にも報告を聞かせてほしい」

お父様に促(うなが)されて、セバスは話し始めました。

「まず、結論から言いますと、スティーブ様は本当に浮気されているようです」

「へえぇ……」

「ほぅお……」

思わず笑ってしまいます。お父様も同じ顔でした。

ひとまず続きを聞きましょうか。

「それで？　セバス？」

「はい、最初から話しますと、スティーブ様とあの男爵令嬢は、学園生時代に出会っていたようです。学園に通っていた頃から、隠れて愛を育(はぐく)んでいたようで……」

「なんだと？」

お父様が眉をひそめます。もちろんわたくしもよい気分ではありません。

この国では、十三歳から十八歳までの王侯貴族の子息令嬢は皆、学園に通うことが決められています。学園で家庭教育では習得できない専門的な知識や歴史、マナーや剣術、それに社交性を学ぶのです。

その学園にいる時からということは、短くとも二年以上は浮気をしていたということ……へぇえ、いい度胸ですね？

まあ、気づかなかったわたくしも馬鹿ですが……馬鹿にされたままでは終われませんよね？

内心で怒りをたぎらせていると、セバスが報告を続けます。

「スティーブ様が結婚するまでは、デートをするだけの関係だったようですが……シャーロット様との間に子供ができてから、あちらにも手を出したようです」

「私の目を盗んで、随分舐めた真似をしてくれたな……」

つまり、わたくしと夫婦の営みができなくなったから、別の女に手を出したというわけですね。

「ええ、本当に……」

とても低い声で言うお父様に、わたくしは心から同意します。

そんなわたくし達を見たあと、セバスは再び口を開きました。

「また、スティーブ様のお帰りが遅い日やお帰りにならない日は、全て男爵令嬢に会っております。本日も……」

一体、何様のつもりでしょうか？

こんなにご自分の立場をお忘れになることがあるものなのでしょうかね？

わたくしの怒りは沸点を超えました。真剣な目でお父様を見つめ、口を開きます。

「お父様、わたくし決めましたわ」

「ああ、シャル。私も多分同じことを考えていたよ」

「このまま馬鹿にされるわけにはいきません。舐めた態度を取った旦那様……いえ、あの男に立場をわからせせようと思いますの。ふふっ、地獄に落ちればいいのですわ」

「そうだね。だけどその前にディナーにしよう。そのあとにゆっくり考えればいいさ」

「はい、お父様。それとセバス、ありがとう。調べてくれて。さすがだわ」

「いえ、お役に立ててよろしゅうございました」

セバスはわたくしにきっちりとした礼をしてくださいました。

本当にセバスの仕事は早すぎます。

だって、昨日の今日で調査が終わるなんて一体何処から情報を仕入れているのでしょうか？

謎ですわ……


それから、わたくしはお父様と少し遅めのディナーを食べました。

そのあと、誰にも聞かれないように、またお父様の部屋に戻ります。

わたくしには、お父様に先程言えていなかったことがあります。ぎゅっと拳を握りしめ、意気込んで言いました。

「お父様。わたくし、スティーブと離縁したいと思いますの。お腹の子はわたくしひとりで立派に育てますわ」

「ああ、いいよ。むしろ離縁しなさいと言うところだったよ。私の可愛いシャルを裏切る婿などいらないからね」

お父様は黒い笑みを浮かべながら、あっさりと離縁を認めてくれました。

ひとまずホッとしたあと、わたくしは再び口を開きます。

「それでですね、新しく婿をとるのではなく、わたくしがこのサンチェス公爵家を正式に継いでもよろしいでしょうか？」

お父様は右の眉をピクッと少し動かしました。わたくしはさらにたたみかけます。

「わたくしの世代では、ほとんどの家で男性が爵位を継ぐことになっているようです。ですが、わたくしは第一子ですから、女でも家を継ぐことは可能ですよね？」

「……」

お父様が、何もおっしゃりません……。わたくしではダメなのでしょうか……

少し不安がよぎった時、お父様はニコッと笑ってくれました。

「シャルが公爵家を継ぐと言ってくれて嬉しいよ！」

「……えっ？」

予想外の返答に、わたくしはポカンとしてしまいます。

「いや、私はずっとシャルを後継者にしたかったんだよ。おじい様達の約束の件があるし、スティーブ君の立場もあるから、いつ正式に発表するか悩んでいたんだが……こうなった以上、シャルに爵位を譲ることになんの問題もない。シャルにも一度聞いただろう？」

わたくしはお父様の言葉に頷きます。

確かに三年前、わたくしはお父様に「家を継ぐ気はあるか」と一度聞かれました。しかし、そのあとは何もなかったので、てっきり当初の予定通りスティーブに継がせるつもりなのだと思っていました。

わたくしは驚きながらも、お父様の言葉に納得しました。

なぜなら、わたくしは公爵家の仕事をこなすための教育をお父様から受けていたからです。

公爵家の直系の血を引く者として、スティーブの補佐ができるようにわたくしも教育を受けているのかと思っていましたが……わたくしに公爵位を継がせるつもりだったのですね。

「スティーブ君にも公爵になるための教育をしようとしたんだけど、勉強は嫌だと逃げ回っていてね……私もしびれを切らしていたんだよ」

それに、とお父様は話を続けました。

お父様によると、今までわたくしを次期公爵に指名しなかったのは、スティーブのことを見極めるためだったということでした。お父様の中ではすでに三年前にはわたくしを次期公爵にするとほぼ決めていたそうです。わたくしなら世間がどうであれ上手(うま)くやっていけるだろうと。

それに、なかなか次期公爵としての勉強をしないスティーブには、公爵家を任せられないと思ったそうです。

しかし、いきなりわたくしを次期公爵に指名してしまうとわたくしとスティーブの仲が悪くなるのでは？　と思ったお父様は、最後にスティーブを見極める期間を決めました。

学園を卒業するまでの一年間と実務を始めてからの三年間。

その間に、スティーブが心を改めて真面目に勉強をし、わたくし以上に公爵を継ぐに相応しい人になれれば、おじい様同士の約束通り次期公爵はスティーブにしてもいいかなと……

そこまで言うと、お父様はため息をつきました。

「そもそも、スティーブ君には言ったんだがね。このまま学ぶ気がないなら、次期公爵はシャルにするつもりだよって。それに制度が変わった際に、スティーブ君の両親であるトンプソン伯爵夫妻には相談していたんだ。そうしたら、制度が変わった以上、私がシャルに公爵を継がせると決めても受け入れると了承してくれたのだけどね」

「まあ、それは初耳ですわ。ご実家にもそれが伝わっている上に婿養子なのに、何故スティーブはわたくしと離縁しても自分が公爵になれると勘違いをするのでしょうか？」

「ああ、公爵になるための勉強は引き続きさせようとしていたからだろう。当主になるかならないかはさておき、公爵家の一員には変わりなかったんだ。最低限の勉強くらいしてもらわないと困ったからね。まあ、最低限もできていなかったようだけど……。私がシャルに継がせる意志を伝えたあとも口うるさく言っていたから、まさか本当に見切りをつけられるとは考えてもいなかったのだろう」

お父様の言う通りなのでしょうね……

わたくしが呆れ返っていると、お父様は再び口を開きました。

「まあそれはさておき、私はシャルがスティーブ君と離縁することも、私の跡を継ぐことも賛成だよ。全てが終わったら正式に次期公爵に指名するから、国王陛下に挨拶しに行こう」

お父様は満足そうに笑います。わたくしも笑顔で頷きました。

「ありがとうございます、お父様！」

「あと、シャル。これだけは言っておくよ」

お父様は真剣な目をしています。なんでしょうか？

「ひとりで子を立派に育てると言っていたが、シャルはひとりじゃないよ」

「!!」

「私やセバス、ジナもいる。それにたくさんの使用人達も。シャルの側にはシャルを助けてくれる存在がいることを忘れないでね」

お父様が優しく微笑んでくれます。

……わたくしはひとりじゃない。わたくしはお父様に甘えたくなりました。

「お父様、ありがとうございます。大好きですわ！」

「私もだよ。シャル」

お父様はわたくしを抱きしめてポンポンと背中を叩いてくれます。まるで小さい子供の頃に戻ったよう……今だけはちょっとくらい甘えても許されますよね？

しばらくお父様に甘えたあと……気を引きしめ直して、今後のことを話し合うことにしました。

お父様はわたくしとセバスを見て、改めて話し始めます。

「さて、次にすべきことは、スティーブ君の浮気の証拠集めかな？　さすがに聞いた話だけだと、言い逃れされてしまうかもしれないし……」

「それは、もうこちらに……」

書類の束を取り出したセバスに、お父様は顔を輝かせました。

「さすが！　セバス」

「恐縮です」

セバスはきっちりした礼で応えてくれました。わたくしとお父様は、書面に目を走らせます。

……セバス、有能すぎますわ。

スティーブとマイアの浮気現場の目撃者の証言のまとめや、彼が仕事と嘘をついてマイアに会っていた日付。スティーブが公爵家のお金を使った形跡に、相手にプレゼントしていた物のリスト。ついでに、キャンベル男爵家についてのことまで……

どれもこれも浮気の証拠ですわ。これは決定的ですわね。

ここまで証拠がそろったなら、マイアが言っていたことを疑う余地はありません。

きっと、彼女のお腹にスティーブの子供がいるのも事実なのでしょう。

これは、いよいよそれなりの対応をしなくてはなりませんね……

「まずはこの証拠を、おじい様とあちらのご実家に教えようと思いますわ」

「そうだね、領地にいる父上も、ちょうどよくこちらに来るそうだよ。自分の決めた婚約者がこんなにも公爵家に対して舐めた態度をとり、孫娘を傷つけたことを後悔してほしいよ」

わたくしの言葉に、お父様はニッコリ笑いました。ですが、目は笑っていません……

まあ、確かにおじい様にもちょっとだけ反省してほしいですけどもね。

わたくしは少しだけ苦笑いしたあと、もう一度口を開きます。

「それと、ラルフ様にお伺いしたのですが、スティーブは来週、一週間も仕事の休みを申請しているそうです」

わたくしの言葉にセバスは目を伏せました。

「その休暇で、スティーブ様はあの男爵令嬢と旅行へ行くことも、調べがついております……」

やっぱり、わたくしが思った通りでしたわね。

怒りを再燃させていると、お父様が言いました。

「そうか。それなら、スティーブ君が旅行に行った日に暴露大会でもしようかな？　みんなに集まってもらおうじゃないか。天国から地獄に落ちる気分を味わってもらおう」

「それはいい考えですわね」

スティーブに裏切られて辛い気持ちはあるけれど、今は鼻を明かしてやりたいという思いがむくむくと湧き上がってきています。

ふふっ、楽しみですわね。今まで馬鹿にされた分、きっちり地獄に落としますわよ。

スティーブはこの一週間、浮気相手と楽しく過ごしているのでしょう。

だけど、その間にあなたの両親は、あなたが浮気をしていることを知るのですからね。

わたくしはお父様の部屋から私室に戻り、ラルフ様にお手紙を書きました。

お父様に話したのと同じことと、セバスが集めてくれた証拠のこと、それとわたくしのおじい様とスティーブのご両親、おじい様を呼んで、スティーブの浮気の暴露大会をすることを伝えました。

すると、翌日にはお返事の手紙が届きました。

読んでみると『筆頭貴族であるサンチェス公爵家の今後は王家にも関わってくると姉上が言うから、できれば僕も同席できないか？』という内容でした。

わたくしはお父様に許可をとると、すぐさまラルフ様に了承の手紙を送りました。

わたくしにとっても、ラルフ様に同席してもらえるとありがたいです。

なにせ王族ですからね。王族の前では、誰も小細工などできないでしょう。レティお姉様とラルフ様に感謝ですわね！

これから始まる出来事を想像すると、自然と口角が上がりました。

そして、今頃マイアと過ごしていらっしゃるであろうスティーブに向けて思います。

――束(つか)の間の楽しい時間をお過ごしくださいませ……と。

第三章

——お父様とお話をした翌週、スティーブは出張という名の旅行に行きました。

さて、本日は楽しい楽しい、暴露大会の日です！　お父様もお仕事をお休みしてくれましたわ。

旅行に行く日まではスティーブは帰宅していたので、わたくしは今日のことを隠すのが大変でした。

わたくしの隣にいるお父様が微笑みかけてくれます。

「ついにこの日が来たね。シャル」

「ええ、お父様。この日が待ち遠しかったですわ」

「ラルフリード殿下もいらっしゃる。今日は上手（うま）くいくよ」

「ふふっ、楽しみですわね」

お父様とそんな会話をしながら、皆様を待ちました。

最初にいらっしゃったのはおじい様です。

「おお！　久しぶりだの、シャル！　相変わらず可愛いのぅ」

「お久しぶりでございます、おじい様。お元気そうで何よりでございますわ」

「シャルのお腹の子が元気に生まれて立派に成長するまでは元気でいるぞい！」

「さすがでございますわ」

御年六十二歳だというのに元気いっぱいのおじい様を見て、思わず微笑んでしまいました。

相変わらずのおじい様に、お父様は苦笑いしています。

「父上、私もいるのですが……」

「おお！　お前もおったか！」

おじい様は今気づいたというように、お父様にも笑顔を見せました。

お父様はそんなおじい様のことは置いておいて、わたくしにおっしゃいます。

「シャル、そろそろラルフリード殿下がいらっしゃるから、お出迎えの準備をしようか」

「そうですわね」

「ラルフリード殿下がいらっしゃるのか!?」

おじい様はわたくしとお父様の会話に驚いています。

おじい様には、今日のことは何も教えていませんからね……

「ええ、ラルフ様も同席してくださいますの」

意味深なわたくしの発言に、おじい様の頭の上には、はてなマークがたくさん浮かんでいるようですわ。

しばらくすると、ラルフ様がいらっしゃいました。

「ラルフリード殿下、本日はようこそお越しくださいました」

お父様とわたくし、おじい様がラルフ様を出迎えます。

「今日は僕の同席を了承してくれてありがとう。王家としてもサンチェス公爵家は大切だからね」

「ありがとうございます、ラルフリード殿下」

ラルフ様はお父様が話し終わったあと、わたくしとおじい様を見ます。

「やあ、先週ぶりだね、シャル。それとお久しぶりです、オーガスト殿」

「お久しぶりでございます、ラルフリード殿下。いや〜、立派に成長しましたな！」

「ははっ、そうかい？」

「ええ、見違えましたぞ！」

「それは嬉しいね」

わたくし達にするのと同じように、ラルフ様にも気さくに接するおじい様。ラルフ様も嬉しげでした。にこやかな挨拶(あいさつ)が終わったあと、わたくし達は話し合いをする部屋へと移動いたします。

わたくしとお父様は並んでソファーに座り、ラルフ様とおじい様はひとりがけのソファーにそれぞれ座りました。

それぞれが腰を落ち着けたあと、おじい様が尋ねます。

「わしは今日、もともとサンチェス領から王都に来て滞在する予定ではあったが、大切な話があるとは一体なんのことじゃ？　それにラルフリード殿下も同席しての話とは……」

「それは大切な大切なお話ですわ」

「その大切な話とは？」

「全てはみんなが揃ってから話しますよ、父上」

なかなか話の内容を言わないわたくしとお父様に、おじい様は少し不貞腐れた様子です。

「なんじゃい？　もったいぶって……。そういえば、スティーブ君はどうした？」

おじい様の言葉に、わたくしはニッコリ笑ってあげました。

「なんだ？　シャル？　それはどういう笑顔だ？」

「本日はトンプソン伯爵家の皆様もご招待しておりますの。皆様が来るのをお待ちになって、おじい様……」

「うーむ、わかった……」

おじい様は腑に落ちない表情ではありましたが、諦めたようで渋々頷きました。

それからしばらく待っていると、トンプソン伯爵家がいらっしゃったとセバスが言いました。

いよいよです。旦那様を追い詰める第一歩……伯爵夫妻は、どんな対応をするのでしょうね。

「シャル。これまで充分我慢したんだ、言いたいことは言っていいよ」

お父様が優しく言ってくださったので、わたくしはニッコリ笑みを浮かべます。

「ありがとうございます。お父様」

「僕もついているからね、シャルの味方だよ」

「ありがとう、ラルフ様」

ラルフ様にもお礼を言うと、おじい様はわたくし達の顔を見回していました。

「なんだか、話が見えないのだが……」

おじい様だけ困惑していますが……さあ、暴露大会を始めましょうね。

やがてスティーブの両親であるトンプソン伯爵夫妻、おじい様の親友である前トンプソン伯爵のカルロス・トンプソン様、スティーブの兄であるジョエル・トンプソン様が部屋に入ってきました。

「やあ、今日は来てくれてありがとう」

「いえ、お久しぶりでございます。サンチェス公爵様」

お父様とトンプソン伯爵が挨拶（あいさつ）をします。

「おお！　カルロス！　元気だったか？」

「ああ、この通りピンピンしてるぞ！　お前も相変わらずで何よりだ」

「ひ孫が生まれるまで元気でいるぞい！」

「そうだな！」

親友同士のおじい様達も、久しぶりに会うからか笑顔になっています。

和（なご）やかな雰囲気の中、ジョエル様が言いました。

「あの、何故ラルフリード殿下もこちらにいらっしゃるのでしょうか……？」

あら、早速聞いてきましたわね。まあ、この場に王族がいれば何事かと思うのも当然です。

「じゃあ、早速本題に入ろうか」

「そうですわね、お父様」

皆様、頷き合うわたくしとお父様に困惑気味です。

ここからは長くなりますので、お茶を飲みながら話しましょうね。

皆様がソファーにお座りになり、お茶が行き渡りました。

さて、本題に参りましょう。わたくしは口元に笑みをたたえつつ、話し始めます。

「今日皆様にお集まりいただいたのは、スティーブ様のことをお話しするためですわ」

「スティーブの？」

「そういえば、今日あの子はどこに？」

トンプソン伯爵夫妻は、キョロキョロ室内を見回しました。

そんなお二人に、わたくしは笑みを浮かべたまま答えます。

「出張でトンプソン領に行かれましたわ」

「「はあ？」」

トンプソン伯爵夫婦は、頭の上にはてなマークを浮かべているようでした。

ジョエル様も不思議そうに首を捻って（ひね）おられます。

「えっと、弟からはそんな話、聞いていないですが……」

「それは、そうだろうね？　だって嘘をついて出掛けたのだから」

「!?」

お父様の一言（ひとこと）に、トンプソン伯爵家の皆様は困惑しているようです。

すると、おじい様が何かを察したように、難しい顔でわたくしに言います。

「シャル、もったいぶらないで結論を言ってくれ」

「わかりましたわ。それでは結論を言いますと……スティーブ様は浮気をなさっているようです。

お相手の男爵令嬢との間には、お子ができたようですわ。ですからわたくし、離縁したいと思いますの」


わたくしは皆様のお顔を見ながら、ニッコリ笑います。

すると、トンプソン伯爵家の皆様は驚いた顔になりました。

一方のおじい様はどんどん恐ろしいお顔になっていき、わたくしに問いかけます。

「シャル、それはまことか？」

「ええ、証拠もありますわ。それに、本日はトンプソン領に行くとわたくしには言っておきながら、浮気相手と旅行に行っているようですわね」

おじい様は険しいお顔でトンプソン伯爵家の皆様を見ました。

「あやつはこの家の婿だということがわかっておらぬのか……？」

「それは、婚約した時から充分に教えております」

顔面蒼白になっているトンプソン伯爵に対し、おじい様は声を荒らげました。

「なら、なんでシャルを傷つけるようなことをするのだ!!」

おじい様の怒りは凄まじいですね。わたくしのために怒ってくださっていると思うと嬉しいですけれど。しかし、話が進まないので少々落ち着いていただきましょうか。

「おじい様、少し落ち着いてくださいませ」

「しかし、シャル……」

「これから詳しく話しますからね」

「わかった」

おじい様が静かになったので、わたくしは再び口を開きます。

「事の始まりは、この公爵邸にキャンベル男爵令嬢が突然来たことでした。それにより、スティーブ様の浮気がわかりましたわ」

「そのキャンベル男爵令嬢とやらが……」

「ええ、スティーブ様の浮気相手ですわ」

わたくしが肯定すると、トンプソン伯爵はなんとも言えないような表情をなさいました。

「キャンベル男爵令嬢をご存じで？　トンプソン伯爵？」

「ええ、知っております……」

まさかあの失礼な女のことを、伯爵も知っていたなんて……こんなことになったのは伯爵達にも原因があるのでしょうか？

そんな考えを頭の隅に追いやり、わたくしは冷静に言葉を続けます。

「そうですの……。それについてはのちほど伺うとして、話を続けますわね。キャンベル男爵令嬢は、わざわざわたくしに、お腹の中にはスティーブ様との子がいると言いにいらしたのです」

それを聞いたおじい様のお顔は、もう般若のようです。

トンプソン伯爵家の皆様のお顔は、青褪めていらっしゃいますわ。

「それで、シャル。彼女に言われたのは、それだけじゃないよね？」

お父様が黒い笑みでわたくしを促します。

「ええ、彼女は挙句にわたくしにこう言いましたのよ？　『わたし達は愛し合っているんですもの！

わたしに子供ができたらあなたと離縁して、わたしを公爵夫人にするって言ってました』と。そう、スティーブが彼女に言ったそうですわ」

トンプソン伯爵は、青褪めていたお顔に今度は怒りを滲ませていました。

それを見ながら、わたくしはさらにたたみかけます。

「それから、『スティーブ様と別れてここから出て行ってください』とも言われましたわ」

「なんじゃと!!」

おじい様がまた怒鳴ってしまいましたわ。わたくしはしゅんとした表情で俯いてみせます。

「わたくしは傷つきました。そしてキャンベル男爵令嬢の言うことが本当なのか知るため、二人のことを執事長のセバスに調べてもらったのです。すると、スティーブ様はキャンベル男爵令嬢とは学園に通っていた頃から交流があったということがわかりました。それからずっと、わたくしに隠れて愛を育んでいたみたいですの……」

「それに、スティーブ君はシャルと結婚してからキャンベル男爵令嬢に手を出したそうだよ。尚更タチが悪いのではないか？　これだけじゃない。彼は仕事だと嘘をつき、家に帰らずキャンベル男爵令嬢に会っていた。さらに我が公爵家のお金を勝手に使った形跡もあって、その金額はセバスが調べ上げたキャンベル男爵令嬢への贈り物の値段にぴったり一致している。全て証拠も揃っているよ」

お父様も参戦してきて、皆様に証拠を見せます。ラルフ様もそれを眺めながら、呆れたように眉をひそめました。

「見事にクズだな」

わたくしは皆様のお顔を見回し、はっきりと言います。

「今現在も出張だと嘘をつき、出産間近のわたくしをおいてキャンベル男爵令嬢との旅行を楽しんでいる真っ最中なのですわ」

もう、トンプソン伯爵家の皆様は顔面蒼白です。

「このことを踏まえて、わたくしはスティーブ様と離縁したく思っておりますわ。わたくしが公爵位を継ぎ、生まれてくる子供はわたくしがひとりで立派に育てますわ」

わたくしの意見を言ったところで、お父様がトンプソン伯爵に聞きます。

「トンプソン伯爵はこのことを知っていて見過ごしていたのかな？　もしそうなら、これは公爵家への宣戦布告ということになるが？」

お父様の笑顔を見て、トンプソン伯爵のお顔はさらに蒼白になり、焦ったように言いました。

「待ってください！　私達は公爵家への裏切りなどしていません！　確かに学園生の頃、スティーブがキャンベル男爵令嬢と交流していることは知っていました。その時も、スティーブに火遊びはしないように言いつけていました。それをスティーブも理解していたと思います……」

自信なさげな伯爵を、お父様は鋭く見据えます。

「しかし、理解できていないから、こんなことをしでかしているのでは？」

「そ、それは……申し訳ありません……。しかし、私達トンプソン家は、サンチェス公爵家の皆様と敵対するつもりはありません！」

トンプソン伯爵はわたくし達を見て言い切りました。

それは、トンプソン伯爵はスティーブに味方しないと断言したことになります。

「シャーロット」

それまで黙っていた、トンプソン伯爵夫人がわたくしを呼びました。

「なんでしょう、トンプソン伯爵夫人？」

「……もうお義母様と呼んでくれないのね……。いえ、わたくしが悲しくなってはダメよね。傷ついたのはシャーロットだもの」

トンプソン伯爵夫人は悲しそうなお顔をしました。わたくしの心も痛みます。

しかし、これからのことを考えると、今までのように仲良くするわけにはいきません。

「……わたくしは悔しい！　あの子がそんなに馬鹿だとは思わなかったわ！　わたくしも女として、スティーブがやったことは絶対に許せない。あの子はもういい大人なのだから、自分のしたことの責任はとってもらわなくては……」

トンプソン伯爵夫人も、スティーブの味方はしないと断言しましたわ。

「私も弟は責任を取るべきだと思います……」

ジョエル様も公爵家につくと言いました。

「シャル……」

今度はおじい様がしょんぼりしながらわたくしを呼びます。

「何かしら？　おじい様」

わたくしが聞くと、急におじい様は頭を下げました。

「シャル、すまなかった！　わしが決めた婚約で、シャルを傷つけてしまった……」

「本当ですよ。父上が勝手にシャルが生まれてすぐに婚約を決めたせいですからね」

「うぅ……」

お父様のチクチクとした小言に、おじい様は返す言葉もないようです。

「シャーロット、わしからも謝らせてくれ……。わしの孫が君に酷い仕打ちをした。そもそも、わし達が勝手に決めてしまった婚約のせいだ。本当にすまなかった……」

それまで、険しいお顔で聞いていたカルロス様もわたくしに謝ってくれました。

トンプソン伯爵家の皆様は、わたくしの味方ということです。

「それなら、わたくしの要求を受け入れてくれますね？」

わたくしはトンプソン伯爵家の皆様のお顔を見ながら問いました。

少しの沈黙のあと、トンプソン伯爵は静かに頷きます。

「……わかった。だが、我がトンプソン家はスティーブを勘当する！」

伯爵の宣言で、スティーブはトンプソン家から見放されたということです。トンプソン家がスティーブのしたことにこれ以上巻き込まれたくないと、当主が判断したということでもあります。

「まあ、それが妥当な判断だよね」

「そうだな」

お父様とおじい様がそう話しています。それから、お父様はわたくしのほうに向き直りました。

「さて、こちらの要求をまとめようか」

「わたくしが求めるのは、スティーブとの離縁と子供の親権ですわね」

「サンチェス家としては、無断で使った公爵家のお金の返済とシャルを裏切ったこと、傷つけたこと、公爵家を侮ったことに対する慰謝料かな」

わたくしとお父様の要求を聞いて、ラルフ様がニヤリと笑いました。

「一体いくらになるだろうな？」

「はい、私達は受け入れます」

トンプソン伯爵はあっさりと受け入れました。あら、随分と潔いですね？

「随分潔いね？」

お父様もわたくしと同じ気持ちだったようです。トンプソン伯爵は重々しく頷きました。

「はい、スティーブの教育はちゃんとしたつもりです。しかし、こんなことをしでかしたスティーブの本質を見抜けなかった責任は、私達家族にもありますゆえ……」

「そうですか」

なんでこの素晴らしい親からあんな息子が育つのでしょう？　まったく意味がわかりませんわ……

わたくしは苦笑したあと、口を開きました。

「お父様、トンプソン伯爵、ひとつ申し上げてもよろしいでしょうか？」

「なんだい、シャル？」

「なんでございましょう？」

不思議そうな二人に、わたくしはニッコリと答えます。

「わたくしはトンプソン伯爵には慰謝料を請求しませんわ」

「⁉」

あら、皆様驚いていらっしゃいますわ。

それもそうですわね、離縁の際には普通は慰謝料を請求しますものね。

「シャル、何を言っているんだい？」

「シャーロット様、それは……」

お父様は信じられないという顔をしていて、伯爵は言葉を詰まらせています。

わたくしは話を続けました。

「だって、トンプソン伯爵家の皆様は、わたくしに優しくしてくださり、家族として過ごしてくださったもの……。今回のスティーブ様の裏切りがなければ、ずっと家族でいたかったですわ。それに、おじい様達の仲を引き裂くようなことはしたくないのです……」

「シャル……」

お父様は困ったような顔をし、おじい様とカルロス様はハッとしていました。

そう。わたくしとスティーブの離縁においてひとつだけ心配だったのが、おじい様達の仲です。

わたくしが傷ついたと思ったおじい様が怒るのはわかっていましたから。

カルロス様とはずっと親友だったとしても、おじい様は家族想いです。二人が今まで通りに接することができなくなってしまうのは、わたくしとしても本望ではありません。

だからできるだけトンプソン伯爵家には責任を問わず、スティーブ本人だけに責任をとってもらいたいのです。

「シャル……」

「シャーロット……」

おじい様とカルロス様は、顔を見合わせました。

おじい様方もわたくしの気持ちに気づいてくださったようですし、これで決定……と思いましたが、ラルフ様が首を横に振りました。

「シャル、その気持ちもわからなくはない。しかし、スティーブはこれだけのことをやらかしているんだ。いくら勘当(かんどう)されるとはいえ、まったく慰謝料を請求しないのはやめたほうがいい」

「ラルフ様……」

お父様もラルフ様に同意するように頷きました。

「シャル、ラルフリード殿下の言う通りだよ。シャルの気持ちもわかるけど、これぱっかりはちゃんとしないと。外に知られた時に、公爵家が舐(な)められる」

……そうですわよね。公爵家のことを考えるとそうするほうがいいでしょう。

公爵家次期当主としては、わたくしは容赦(ようしゃ)なく慰謝料を請求する選択をするべきですわ。

しかし、おじい様達が心配です。仲の良い二人のことをどうしても考えてしまうのです。

そんなことをグルグル思考していると、おじい様とカルロス様が口を開きました。

「シャル、わしらのことは気にするな。シャルが祖父思いなのはわかっておる。その気持ちだけで充分じゃ」

「そうじゃぞ、シャーロット。元はといえば、わしらが勝手に婚約を決めたのが悪いのじゃ。それに、わしらの仲は今後もそれほど変わらん」

「おじい様……カルロス様……」

おじい様とカルロス様はわたくしを見て優しく笑っています。多分、わたくしを安心させるためでしょう。やっぱりおじい様達には敵(かな)いませんわ。

「それでは、トンプソン伯爵家への慰謝料は最低限のものとし、スティーブ君にはしっかり上乗せして請求しようか」

「お父様……。ありがとうございます」

お父様にも敵(かな)わないですね。結局わたくしの意見をちゃんと取り入れてくださりました。

「トンプソン伯爵もそれでいいかな？」

「私達には異議などありません」

「それでは、慰謝料の件はのちほど詳しく」

「わかりました」

お父様の問いに、トンプソン伯爵は首肯(しゅこう)しました。これで慰謝料の件は終わりですね。

「それでは次のお話をしてもよろしくて？」

「いいよ、シャル」

お父様に許可をいただいたので、わたくしは気持ちを切り替えて話します。

「この子の親権はわたくしが持つこととし、それと同時にスティーブには絶対に会わせたくないと考えていますわ」

そう宣言いたしましたわ。これは絶対にわたくしが譲れないことです。

もしこの子とスティーブが会うことができたら、あのお馬鹿が何を教えるのか心配ですもの。それに、この子を通して公爵家に縋(すが)られるのも嫌ですわ。

「その主張はもっともなことだな」

ラルフ様もわたくしの意見に賛同してくださいました。

この要求も、トンプソン伯爵家の皆様は理解してくださると思っていましたが……

「ちょ、ちょっと待ってください！」

そう声をあげたのはスティーブの兄のジョエル様。思いもしないところから、待ったがかかりましたわ。

「あら？　ジョエル様、なんでしょうか？」

「シャーロット様。いくらなんでも子供に本当の父親を会わせないのは、あんまりではありませんか？」

はあ？　何をおっしゃっているの？

お父様もおじい様も、どんどん無表情になっていきますわ。

わたくしはきっぱりとジョエル様に告げます。

「わたくしは今回スティーブがしたことは、それほどのことだと思いますわ」

「しかし、それではあまりにもスティーブが可哀想です……」

ああ、ジョエル様は弟のスティーブを大事に思っているのですね。ですが、大したことではないのにわたくしが騒いでいるのが悪いと言われているように感じますわ。

ラルフ様が怒りを孕んだ声でジョエル様におっしゃいます。

「ジョエル。お前、本気でそう思うのか？」

「ら、ラルフリード殿下……」

ジョエル様はラルフ様に威圧感を覚えたのか、少し勢いがなくなりました。

そんなジョエル様を睨みつけながら、ラルフ様は続けます。

「お前のその言い方だと、まるでシャルのほうが悪いようではないか！　元はといえばスティーブが浮気してシャルを騙し、裏切り、傷つけたのだろう。違うか？　ジョエルよ！」

「！」

ジョエル様はラルフ様に怒鳴られ、動きを止めました。

ラルフ様がわたくしの代わりに怒ってくださったことに、温かい気持ちになります……

ラルフ様はわたくしの味方なのだと改めて感じて、安心しますわ。

一瞬黙り込んだジョエル様ですが、気を取り直したのか再び口を開きます。

「しかし、ラルフリード殿下。子供の顔を一度も見られないのは可哀想ではありませんか！　私もひとりの娘を持つ親でありますが、娘の顔を見られないなど考えたくもありません！」

兄弟思いなのはわかりましたが、その主張は如何なものでしょうか？

わたくしがそう思っていると、ラルフ様はさらにジョエル様に冷たい視線を向けました。

「それでは、シャルの気持ちはどうなる？」

「スティーブはシャーロット様に悪いことをしたとは思います。しかし、子供には父親が必要な時もございます！」

「では、少し話を変えようか……」

そう言って、ラルフ様はジョエル様にたとえ話を始めました。

「お前には愛する奥方がいるな？」

「はい、います」

「その奥方がお前と生まれたばかりの幼い娘をおいて別の男と浮気をしていたとする。お前はそれでも許すのか？　その後も子供に会わせようと思うのか？」

「……っ！　そ、それは」

「立場を逆にして考えればわかることだ」

ジョエル様はラルフ様に言われ、自分の立場に当てはめて考えたのでしょう。お顔が青褪めていらっしゃいます。

そんなジョエル様に、ラルフ様が改めて問いかけます。

「考えてみたか？」

「……はい。自分に当てはめてみたら、私は妻のことを許せないかもしれません……。そして娘のことを思うと、そんなことをした妻には会わせたくないとも思います……」

ジョエル様が下した結論に、ラルフ様は満足そうに頷きます。

「これでわかったか？　お前の主張は浮気されたほうを傷つけていることに」

「はい。シャーロット様、間違った主張をいたしまして、申し訳ありません……」

わたくしはジョエル様の謝罪を受け入れることにいたしました。

「ジョエル様の謝罪を受け入れますわ」

「ありがとうございます、シャーロット様」

安堵したような顔をするジョエル様。しかし、一度言ってしまったことは取り消せません。

「まったく、お前はなんてことを言い出すんだ！」

「本当にシャーロット様に申し訳ないわ……」

「このことはオリビアにも報告だな……」

ラルフ様だけではなく、カルロス様、トンプソン伯爵夫人、トンプソン伯爵の順にジョエル様はお小言を言われました。

トンプソン伯爵の言葉を聞いた瞬間、ジョエル様はまた顔色を変えましたわ。

「父上、オリビアだけには……」

ジョエル様も、奥様であるオリビア様に浮気者の肩を持ったことを知られたら大変ですわね？

まあ自業自得なので知りませんが……

そんなトンプソン伯爵家の皆様を、恐ろしいほどに静かに見ているおじい様とお父様。

まあ、あの発言を聞いたら、怒りますわよね。しかし、わたくしが謝罪を受け入れたので怒りを我慢しているようですわ。

二人を怒らせるとのちのち怖いですがね……。頑張ってくださいまし、ジョエル様。

「それじゃあ、話を戻そうか」

お父様が一呼吸置いてからおっしゃいました。

皆様が揃って首を縦に振ったあと、お父様は再び口を開きます。

「これから生まれる子の親権はシャルが持つ。父親であるスティーブ君とは一切会わせない。そして、スティーブ君のほうもシャルやお腹の子には一切近づかないということでいいかな？」

「はい、承知いたしました」

トンプソン伯爵が了承したのを聞き、お父様はラルフ様を見ます。

「ラルフリード殿下、証人になってもらえますかな？」

「ああ、しかとこの耳で聞いたぞ」

「ありがとうございます」

王族であるラルフ様が証人になってくださいましたから、離縁に対する誓約はこれで決まったも同じですわ。

話がまとまったので、お父様は満足げに締め括ります。

「さて、正式な書類の作成は後日としよう。スティーブ君が帰ってきたらまた集まって、事情を聞こうか」

「はい、このたびは誠に申し訳ありませんでした……」

トンプソン伯爵家の皆様が頭を下げます。これで一段落でしょうかね……

さぁ、今日はもうこれでおしまいにしましょうかと思った瞬間、お腹が急に痛くなりました……

「シャル、どうした？」

ラルフ様がわたくしの様子に気づいてくださいます。

これはもしかして陣痛でしょうか？　ものすごく痛いですわ。

わたくしは痛みに必死に耐えながら、ラルフ様を見ます。

「お、お腹が……急に痛く、なり始めて……」

「セバス！　医者を呼べ！」

お父様はセバスを呼びますが、二人とも動揺しているようです。

みんながオロオロする中、トンプソン伯爵夫人が冷静に指示をしてくれました。

そのお陰で、わたくしはちゃんと出産の準備ができました。


陣痛を乗り越え、わたくしが愛(いと)しい我が子とやっと会えたのは、日付が変わった頃でした……

「おぎゃ～！　おぎゃ～！」

「シャーロット様！　おめでとうございます！　元気な男の子でございます！」

陣痛が始まってからすぐに公爵邸にやってきてくださったお医者様が、そう言いました。

「シャーロット様！　おめでとうございます！　そしてお疲れ様でした！」

ジナはそう言って、涙を流しながら笑っています。

わたくしは我が子が無事に産まれたことに安心いたしました。

しばらくすると、綺麗に湯で洗ってもらい、おくるみに包まれている我が子を、助産婦が連れてきてくれます。

わたくしは我が子を抱っこいたしました。

「……なんて可愛いのかしら。ありがとう、生まれてきてくれて」

わたくしは我が子にそう言いました。

わたくしとお父様と同じ銀髪。瞳の色はまだわかりませんが、多分わたくしと同じ青い瞳でしょう。

ここのところスティーブが浮気をしたせいで心が落ち着きませんでしたが、この子を抱いた瞬間に、全てが吹き飛ぶような幸福感と愛しい気持ちが溢れてきました。

思わず涙ぐんでしまいます……

そんなわたくしに、おずおずとジナが声をかけてきます。

「シャーロット様、そろそろ公爵様達をお連れしてもよろしいでしょうか？」

「ええ、大丈夫よ」

「畏まりました」

ジナがお父様達を呼びに行っている間も、わたくしは愛しい我が子の顔を眺めていました。

すると間もなく、バタバタと廊下を駆ける足音が聞こえてきます。

「シャル！」

「お父様、無事に産まれましたわ」

お父様の顔を見てにっこりと笑いながら言いましたわ。するとお父様は涙目になりながらこちらへ近づいてきました。

「ああ……シャル。本当にお疲れ様……」

「ありがとうございます、お父様。元気な男の子ですの」

お父様に抱っこしている我が子がよく見えるようにします。

お父様は孫の顔を見て、優しく笑いました。

「可愛い私の孫だ。おじい様だぞ～」

「あら、お父様ったら」

お父様と一緒にクスクス笑います。すると、そこにおじい様とラルフ様も入ってきました。

「シャル、お疲れ様……。そしておめでとう」

「お疲れ様じゃ」

「ありがとうございます、ラルフ様、おじい様」

ラルフ様もまだいてくださっているとは思っていませんでした。

わたくしは驚きつつ、生まれた赤ちゃんを見せます。

すると、おじい様はこれでもかというほど表情を緩めました。

「おお～。可愛らしいの～」

「本当だね。シャルにそっくりじゃないか」

ラルフ様の言葉に、わたくしは首を傾げます。

「そうですか？」

「ああ、シャルにそっくりだよ」

お父様もおじい様も、ラルフ様に同意するようにうんうんと頷きます。

ふふっ、嬉しいですわね！

わたくしも笑みを浮かべていると、ラルフ様に尋ねられました。

「この子はなんていう名前にするのだい？」

この子の名前……

「ラルフ様」

「うん？　なんだい、シャル？」

「あの、わがままを言ってもよろしいでしょうか……？」

「？　うん、いいよ」

ラルフ様は少し困惑したお顔で言いました。わたくしは意を決してラルフ様にお願いします。

「この子の名前は、ラルフ様につけてほしいのです……」

わたくしがそう言うと、ラルフ様もお父様もおじい様も驚いたお顔になりましたわ。

我が子の名前は、本来ならばわたくしがつけるべきですから。

「シャル、それでいいのかい？」

「ええ、ラルフ様に決めていただきたいのです」

お父様の問いに、わたくしは首肯しました。

これは、スティーブの浮気が発覚した時から考えていました。

この子の名付け親はラルフ様がいいと。

これからわたくしとこの子が二人で生きていく間には、辛いことも多くあるでしょう。ですが、初恋の人が我が子に名をつけてくださったなら、その素敵な思い出で強くいられるだろうと……

それに、この子はスティーブのような浮気者ではなく、ラルフ様のように誠実な人に育ってほしいという願掛けの意味もございますの。

お父様はわたくしの意志が固いことに気づいたのでしょう。ラルフ様に言ってくださいました。

「ラルフリード殿下。親であるシャルがそう言っておりますので、ぜひ孫の名付け親になってください」

ラルフ様はわたくしの顔を見たあと、わたくしの子を見ました。

「シャルの願いなら、僕がこの子の名付け親になろう……」

「！　ラルフ様、ありがとうございますわ！」

「ラルフリード殿下、ありがとうございます」

わたくしは嬉しさでいっぱいになります。

「ラルフリード殿下、ひ孫の名前です。真剣に、真剣に、お考えください」

「あ、ああ。わかっている」

「おじい様……」

おじい様がラルフ様にプレッシャーを与えているのを、小さく窘めます。やめてくださいまし……

ラルフ様はそれを物ともせず、考え込んでいるようです。

「そうだな……。どんな名前がいいだろうか?」

ふふっ、どんな名前になるのか楽しみですわ!

わたくしが期待に胸を膨らませていると、やがてラルフ様はゆっくり口を開きました。

「……ルーカスはどうだろうか?」

「ルーカス……」

「ああ、そうだ」

ルーカス……この子の名前は、ルーカス・サンチェス。

わたくしは気に入りましたわ。

「今日からこの子は、ルーカス・サンチェスです」

「いい名前だ」

「いい名前をもらったな!」

お父様もおじい様も気に入ったようですわ!

頷くわたくし達を見て、ラルフ様が微笑みながらルーカスを見ます。

「それなら愛称はルークかな？」

「ええ、そうですね。ルーク、よかったわね〜。素敵な名前をつけてもらって」

わたくしはルーカスに愛称で呼びかけました。

すると、ルークはうっすらですが目を開き、ニコッと笑ったような気がしました。やはり、瞳の色は青でしたわ！

「ルークも気に入ったようだね」

「よかったよ」

お父様とおじい様は、ニコニコとルークを見守っています。

我が子の名前は無事に決まったので、わたくし達は穏やかな家族の団欒のひと時を過ごしたのでした。

さて、ルークも無事に生まれたので、スティーブが帰ってくるまでの数日間、わたくしは実に穏やかな時を過ごしましたわ。

時々、ラルフ様が様子を見に来てくださりました。スティーブよりもよっぽどルークの父親らしかったですわ。

それはそうと、今日はついにスティーブが帰ってくる日。

スティーブはルークが生まれたことも知りません。教えるはずがありませんもの。

わたくしがルークを抱いていると、部屋の扉がノックされて、ジナが入ってきました。

「シャーロット様、スティーブ様がお帰りになられました。皆様もすでにお揃いでございます」

「わかったわ。それじゃあ、ジナ。少しの間ルークをよろしくね」

「畏(かしこ)まりました」

ジナにルークを預けて、スティーブに会いに行きますわ。

ふふっ、わたくしを馬鹿にしたことを後悔するとよろしいですわ、旦那様。

わたくしは玄関に行き、スティーブを出迎えます。

「お帰りなさいませ。スティーブ……」

「？　ああ、ただいま」

何かを感じとったのか、スティーブは少し首を傾げていました。

本当に馬鹿ですわね……。普通、妊娠していた妻のお腹がへこんでいたら、何事かと思うでしょうに。こんなことにも気づかないなんて、まったく呆れましたわ。

まあ、お馬鹿なのは最初からですが……

そんな内心を押し隠して、わたくしは完璧な笑みを浮かべます。

「スティーブのお帰りをお待ちしておりましたの」

「そうか、ありがとう」

何がありがとうなのでしょう！　本当に腹が立ちますわね……

「そうそう。実は、あなたのお帰りを待っていたのは、わたくしだけではございませんの」

怒りで声が震えないように気をつけながら、わたくしはスティーブに言います。

「うん？　誰だい？」

「もうすでに皆様お揃いですのよ？」

「？」

困惑しているスティーブを連れて、皆様がお揃いになっている部屋へと向かいます。

そう、スティーブが帰ってくる今日にあわせて、再びお父様とおじい様、そしてトンプソン伯爵家の皆様に来ていただいているのです。

「さぁ、着きましたわ。皆様がお待ちです」

「シャーロット、誰が僕のことを待っているんだい？」

スティーブのその問いかけには答えず、部屋の中に入ります。

スティーブはわたくしが答えなかったことにさらに戸惑っているようでしたが、わたくしのあとに続きましたわ。

「皆様、お待たせしましたわ。スティーブがお帰りになりました」

「何故、父上と母上がここに？　それにおじい様まで……」

スティーブはまさか自分の両親とおじい様がいるとは思わなかったようで驚いていますわ。

「僕もいるがな……」

「わしもいるぞ？」

「ら、ラルフリード殿下！　それにオーガスト様……」

ふふっ。スティーブはラルフ様とおじい様がいることにも、混乱しているのでしょうね……

そんな中、話を切り出したのはお父様でした。

「スティーブ君、楽しかったかい？　キャンベル男爵令嬢との旅行は……」

「!?」

お父様の問いに、スティーブは時が止まったかのように固まってしまいました。

「おや？　聞こえなかったかな？　じゃあもう一度聞こう。スティーブ君、楽しかったかい？　キャンベル男爵令嬢との旅行は……」

い、いい、い、いい、い、
お父様が黒い笑顔で、改めてスティーブに尋ねます。

わたくしも聞きたいですわ。なんて答えるのかを……

「あら？　スティーブ、どうなさいましたの？」

わたくしはニッコリ笑ってスティーブに聞きますわ。

「っ！　ぼ、僕は、しゅ、出張に行っていただけで、マイ……キャンベル男爵令嬢と旅行など……」

随分焦(あせ)っていますわね、スティーブ。キャンベル男爵令嬢のことをマイアと呼びそうになっていたではありませんか。

「そうでございますの？　しかし、お城に伺ったところ出張のお仕事などないということでしたし、トンプソン伯爵領に行ってくるとおっしゃっていましたが、伯爵家の皆様はここにいらしてよ？一体スティーブは、どちらへ行っていらしたの？」

純粋に不思議だというように、わたくしはそう言いましたわ。まあ、演技ですけれど……

「そ、それは……」

もうスティーブはしどろもどろで、冷や汗が出ています。

「スティーブ君、嘘はよくないな～。そろそろ素直に白状したらどうだい？」

お父様が追い討ちをかけます。おじい様は黙っていらっしゃいますが、恐ろしく怖いお顔ですわ……

「いや、僕は……」

往生際(おうじょうぎわ)の悪いスティーブにしびれを切らして、わたくしはハッキリと言ってあげることにしました。

「まだ切り抜けられると思っていますの？　もう知っていますのよ、キャンベル男爵令嬢との関係は……。随分とわたくしのことを馬鹿にしてくれましたわね……」

「っ⁉」

スティーブはものすごく慌てながら、お父様を見ました。

「違います！　お義父様、信じてください！　僕にはシャーロットだけです！」

あら？　なんでお父様に言うのでしょうか？　普通、わたくしに弁解するべきでしょう？

お父様もわたくしと同じように思ったようで、首を傾げています。

「何故、私に言うのかな？」

「シャーロットが何か勘違いをして、僕とキャンベル男爵令嬢との関係を疑っているのです！　それに、シャーロットは妊娠していて精神が不安定なのです！　シャーロットの言うことを信じないでください！」

はあ？　いくらなんでもこれは腹が立ちますわね……

わたくしが勘違いをして、キャンベル男爵令嬢との関係を疑った？　妊娠していて不安定？

おふざけも大概にしてくださいませ！

あなたとキャンベル男爵令嬢との関係は調べがついてますし、もう出産しましたわ‼

怒りがどんどん込み上げてきます。

「どこまでもわたくしを馬鹿にしてくださいますわね……。スティーブ、もうあなたは終わっていますのよ」

今までにこやかに話していたわたくしですが、無表情になり、低く冷たい声を出しました。

すると、スティーブはわたくしの様子に困惑したようです……

「しゃ、シャーロット……？　どうしたんだい？　突然……」

「……突然？　本当にそう思っていらっしゃるの？　それならどこまでもおめでたい人ですこと……」

ここまで来てもしらばっくれるなんて。今の状況を理解できないのなら、本当に救いようがありませんね……。まあ、どっちにしろ救う気はありませんが……

ただ、スティーブはわたくしに馬鹿にされたことだけはわかったようですわ。

「おい！　それはどういうことだ！　大体、出張のことはお義父(とう)様に言うなと言っただろう！　お義父(とう)様や僕の両親、他の皆様も呼んでお前の嘘に巻き込むなんて、一体何をしている！　僕は仕事に行っていたんだ！」

スティーブが怒鳴り始めます。それにまだ仕事だと主張していますわ。

「何故お父様に言ってはダメだったのでしょうかね……。それはやましいことをしているという証拠ではないのですか？」

「そ、そんなことはない！」

「それと、あなたがなんと言おうとも、こちらには証拠が揃っていますのよ」

否定するスティーブに、今度は不敵に笑って見せました。

そんなわたくしにスティーブは少し怯(ひる)んだ様子でしたわ。

追い討ちをかけるように、わたくしはさらにたたみかけます。

「それに、あなたとのことを教えてくださったのは、他でもないマイア・キャンベル男爵令嬢ですもの。本人がわざわざ公爵邸にいらっしゃって、わたくしに伝えに来たのですわ。スティーブ様の子を身籠った、と……」

「っ⁉」

わたくしは、呆然としているスティーブを見下すようにせせら笑いました。

「親切ですわよね～。ちゃんとわたくしに言ってくださって……。お陰であなたの裏切りがわかったのですもの」

ふふっ。本当にあの時は、はあ？　と思いましたが……こんな男と別れられるのですもの。少しだけ感謝していますわ、キャンベル男爵令嬢。

スティーブは狼狽しているのを隠せていません。

「そんな……マイアがここへ？」

「ええ、突然いらっしゃいましたのよ？　本当に、礼儀のなっていない人ですこと」

わたくしがそう言うと、スティーブはキッと睨みつけてきました。

「マイアは天真爛漫で可愛いから、貴族のルールに縛られないんだ！」

へえ～？　ついに言いましたわね。

「随分、親しいようだね？」

「っ！」

お父様に問いかけられて、スティーブは自分の失言に気づいたようですわ。

「そろそろ、正直に言ったらどうです？　もう逃げられないのですからね……」

「そうだね、もうそろそろこの茶番にも飽きてきたしね……。それに、これ以上シャルのことを悪く言われるのは本当に不愉快だから」

わたくしとお父様は、そうスティーブに言いました。多分親子揃って黒い笑顔でしょう。

わたくし達を見て、スティーブは顔を青褪めさせています。

「いや、僕は……」

「まだ言い訳をするおつもり？」

わたくしが問い詰めると、スティーブは突然怒鳴りました。

「うるさい！　お前は僕を守れよ！」

「……はあ？」

思わず声に出てしまいましたわ……

僕を守れよ？　おっしゃっている意味がわかりませんわ。それに、わたくしには強気なのですね。

さっきまで青褪めていたのは、お父様に怯えていただけということでしょうか？

「大体、浮気くらいでなんだ？　僕はこの公爵家を継ぐんだ。貴族の当主には愛人のひとりや二人くらいいるだろう？　何をそんなに責められないといけないんだ！　君は貴族の妻で、ましてや公爵夫人になるのだから、僕が浮気をしててもどんと構えていなきゃダメだろう！」

スティーブは今度は堂々と開き直りましたわ。

本当に救いようのない馬鹿ですこと……

「……ふっ、ふふふふっ」

ああ、もう耐えられませんわ！　なんて面白いことを言ってくれるのでしょうか……

笑い続けるわたくしを、スティーブは不思議そうな目で見ました。

「……シャーロット、何を笑っている？」

「ふふっ、だっておかしなことばかりおっしゃるのですもの……」

「おかしなことだと？」

スティーブは心底わからないという顔をしています。

それでは、突きつけてさしあげましょう。

「まず、あなたは勘違いをしていますわ」

「勘違いだと？　僕が何を勘違いしていると言うんだ！」

「スティーブ、あなたはサンチェス公爵にはなれないのですよ」

「……っ!?　な、何故だ！　お前と結婚したのだから、僕が公爵になるのでは!?」

はじめて知ったというように、愕然(がくぜん)とするスティーブ。普通に勉強していたらわかるはずなのに、どうしたらこんな勘違いをなさるのかしらね？　不思議ですわ〜。

「スティーブ、今まで何を勉強していらっしゃったの？」

「馬鹿にするな！　ちゃんと勉強はしてきたぞ！」

あら、今度は顔を真っ赤にして怒っていますわね。忙しいお方ですこと……

それにちゃんと勉強してきたって……信じられませんわね。

トンプソン伯爵夫妻とカルロス様も、ここまでスティーブが馬鹿だとは思っていなかったようです。呆れきったお顔をされています。

おじい様はおじい様で、ずっと恐ろしい顔で静かに睨んでいます。あとが怖いですわ……

ラルフ様だけは、冷静に様子を見られているようですわね。

わたくしが皆様を見回していると、お父様がスティーブに言いました。

「スティーブ君。ちゃんと勉強したという割には、この国の家の後継者の制度をわかっていないようだね？」

「この国の家の後継者？　男性が継ぐのでしょう？　サンチェス公爵家には子供がシャーロットしかいないから、婿の僕が公爵位を継ぐのでは？」

やっぱり勉強などしてはいないではありませんか。

もし本当に公爵を継ぐ気があったのなら、勉強していて当たり前の知識を知らないのですもの。

スティーブの答えを聞いて、トンプソン伯爵夫妻とカルロス様は頭を抱えています。

そしてトンプソン伯爵は、息子のあまりの頭の悪さに怒りが湧いてきたようです。

「スティーブ！　お前はなんて愚かなんだ！　その制度は十年前に変わったんだぞ！　勉強していなかったのか！」

「父上!?」

「何が父上だ！　あれほどお前に言っていたではないか！　真面目に勉強しろと！　女に現を抜か

している暇があったら、公爵家の一員として制度の勉強くらいしなければいけなかっただろう!!」

スティーブは突然実の父親に怒鳴られて驚いていますわ。

「父上！　落ち着いてください！　それに、ちゃんと勉強はしていましたよ。でも、次期公爵になるのは決まっているから、少しくらいサボっても大丈夫だと……」

「落ち着いていられるか！　ちゃんと勉強していたら公爵になることが決まっていたなど言わんわ！　それに、三年前に公爵様は、シャーロット様を次期公爵にするかもしれないと私に伝えられていた！　制度が変わった以上、正式な継承者はシャーロット様だから、当然了承している！　お前の立場で何故そんなことも知らないんだ！」

トンプソン伯爵の怒りは止まりませんわね。

「スティーブ、あなたは学園での成績は普通だったのに、どうして今は馬鹿になってしまったの？」

「は、母上!?」

さらにトンプソン伯爵夫人は、ストレートに馬鹿とおっしゃいました。スティーブは驚きで目を白黒させていいます。

伯爵夫人の言うところによると、スティーブは上手に馬鹿を隠していたようですわね。

まあ、わたくしはスティーブがお馬鹿さんなのは最初からわかっていましたが。そのお馬鹿さんが予想外に大胆なことをなさるから破滅するのですわ。

わたくしがそんなことを考えていると、カルロス様がクワッと目を見開きます。

「スティーブ。もしお前が公爵になれたとしても、そもそもお前は婿養子なのだから、離縁されたら爵位も返還されるんだぞ！　そんなこともわからずに、こんなことをしでかしたのか……!!」

「おじい様!?」

スティーブはカルロス様からも責められ、少し大人しくなります。

オロオロしているスティーブを、わたくしはニッコリと見据（みす）えますわ。

「スティーブ、そろそろおわかりになったのではなくて？」

「何がだ？　シャーロット」

はぁ……。まだ理解していらっしゃらないのね……

「スティーブ、あなたは公爵にはなれない。そのことは理解できていますの？」

「何故、僕が公爵になれないのだ!?　普通に考えたら、男の僕が公爵だろう！　男が家を継がなければいけないんだから！」

「あなたの普通は、この国では十年前に変わりましたのよ」

「なんだと!?」

ああもう、何故わたくしに対しては、こうも強気で話してくるのかしら？　大きな声でギャーギャーとうるさいですわ……

自分が公爵になれると思っているから、妻であるわたくしを下に見ているというわけですわね。

はぁ……腹が立ちますわ。

「スティーブ。この国では、男女を問わず第一子を家の跡取りにするべきなのですわ」

「そ、それは、本当、に？」

「ええ。もう十年前から、このことは国の制度で定められておりますわ。……それに、あなたは次期国王すらも理解しておられませんの？」

「あっ……」

スティーブは冷や汗をかきながら、動きを止めました。

はぁ、やっとお気づきになられたようですね。

改めて、ちゃんと宣言してあげますわ。

「このサンチェス公爵家の後継者はわたくし。シャーロット・サンチェスが次期女公爵ですわ」

スティーブは、これでもかというほど目を瞠って驚いています。

大体、レティお姉様が女王陛下になられることは知っているはずですのに、疑問に思わなかったのでしょうか？　スティーブの考え方ですと、次期国王は第一王子のラルフ様のはずですわ。とことん自分に都合よく考えていらっしゃったのね。

「そ、そんな……。じゃあ僕は……」

「わたくしの旦那様というだけですわ。このように愚かなことをしなければ、そしてお父様の忠告をしっかり聞いていらっしゃれば、何かが違っていたかもしれませんが……今更ですわね」

「……」

スティーブは今まで何があっても自分は公爵になれると思い込んでいたのでしょう。わたくしに現実を突きつけられて呆然としていますわ。

そんなスティーブに、わたくしは冷静に話しかけます。

「ねぇ、スティーブ」

「……なんだ？」

「あなた、わたくしに言うことがあるのではなくて？」

もしここで謝れば、少しだけ温情を差し上げますわ……

「ぼ、僕は悪くない！」

「……」

最後のチャンスをふいにしたスティーブを、黙って見つめます。

スティーブはさらに声を荒らげました。

「大体、なんで教えてくれなかった！　そしたら僕がこんな勘違いをしなくても済んだのに！　そうやって昔から僕のことを除け者にしてきたんだ！　僕は悪くない！　シャーロットが悪い！」

……どこまでも愚かですわね。これはもう、徹底的にやるしかありませんわね。

わたくしはため息をつきつつ、口を開きました。

「そうですか……」

「ああ！　そうだ！」

「それなら、もう結構ですわ」

「なに？」

睨みつけてくるスティーブに、口の端を吊り上げながら問いかけます。

「どこまでも自分は悪くないとおっしゃるのでしょう？　全てを棚に上げてわたくしが悪いとおっ

ここまでわたくしを下に見ているのですもの。

「それなら、スティーブ。あなたとは離縁するしかありませんよね？」

「……っ！　だけど、僕と離縁したら、お腹の子は!!」

お腹の子ね……。未だに気づかないなんて。

「子供はわたくしがひとりで立派に育てますわ」

「そんな！」

今度は悲壮感溢れるお顔をされていますが、全然可哀想ではありませんわ。悪あがきも大概にしてほしいですね……

「あなたはもう、公爵家の人間ではありませんわ。今日中にこの公爵邸から出て行ってくださいね」

わたくしは今日一番の笑顔でそうスティーブに言いましたわ。

スティーブは絞り出すように、わたくしに問いかけます。

「な、何故……？」

「何故？　それは、あなたがわかっていらっしゃらないからよ」

「？」

スティーブの頭ではわかりませんか……

「スティーブ、立場というものをご存じかしら？　あなたはサンチェス公爵家に婿にいらっしゃった。そして、わたくしが公爵になることも今おわかりになったでしょう？」

「ああ、それがどうして離縁になるのだ？」

本当にまったく理解していないようですわね。

お馬鹿にもわかりやすいように、説明してあげることにしましょう。

「あなたは次期女公爵であるわたくしを裏切り、浮気をし、キャンベル男爵令嬢との間に子供までもうけたではありませんか！　それなのに、わたくしに一度も謝罪をしておりませんもの。そんな人とは即離縁ですわね」

「あ、あ……」

どこまでも愚かなスティーブ……

スティーブは最初から言い訳ばかりで、挙句にわたくしが悪いとおっしゃりました。

まず、悪いことをしたら謝罪をするのが人として当たり前ですわよね？　最低でも、それくらいのことはしてくださらないと。

まあ、今からしても遅いですが……

そんな愚かなお馬鹿さんを、さらに追いつめてやりましょう。

「愚かですわね？　スティーブ、他の女性と子供までもうけおいて、わたくしが許すはずがありませんわ」

「マイアが身籠った……？」

スティーブは、心底わけがわからないといったお顔をしています。

あら、キャンベル男爵令嬢が身籠ったことをご存じない？

それにしても、気にするところはキャンベル男爵令嬢に子供ができたことで、わたくしに申し訳ないという気持ちはないようですね……

なんでこんな人がわたくしの旦那様だったのでしょう？　わたくしの人生の中で一番の不運でしたわ……

「スティーブ。君、キャンベル男爵令嬢に子供ができたことを知らなかったのかい？　それに今は、シャルに謝罪をすることが先では？」

今まで冷静に様子を見ていたラルフ様が、スティーブに話しかけました。

「ラルフリード殿下……。はい、マイアからは何も聞いておりません」

「……そうか」

さすがのスティーブでもラルフ様に無礼なことはできなかったのか、丁寧に答えました。

……わたくしに謝罪をすることはスルーですか？

どこかモヤモヤしますが、今は置いておきましょうか……。モヤモヤしますがね！

そんなことを思っていると、スティーブは焦ったようにわたくし達を見ます。

「マイアに子供ができたことは本当なのですか？」

「私達が調査したところ本当のことのようだよ」

お父様が答えます。わたくしも頷きました。

セバスがキャンベル男爵令嬢の診察をしたお医者様を見つけて、証言してもらった内容が報告書に書いてありましたもの。

キャンベル男爵令嬢のお腹の子ばかり気になっているらしいスティーブにため息をつきながら、お父様は続けます。

「キャンベル男爵令嬢のことは置いておいて、今は離縁について話そうか？」

「そうですわね、お父様。ですが、わたくしとスティーブの関係はもう修復不可能でございますわ。それに、おじい様達も離縁に了承しておりますもの」

「ちょ、ちょっと待て！」

わたくしとお父様の会話に、スティーブが割って入ってきました。わたくしは彼に冷たい視線を向けます。

「なんですの？」

「僕は離縁について了承などしていない！」

「あなたの了承など必要ありませんわ」

「!?」

ああ、またお馬鹿さんが出てきましたわ。

この国で離縁を成立させるためには、二つ方法がございます。

ひとつ目は夫婦の双方が離縁の意思を表明する方法。

二つ目は夫か妻のどちらかひとりに離縁の意思がある上で、夫婦の婚約を結んだ者がそれを許可する方法です。

二つ目についてては、第三者がその離縁に正当な理由があると認めた場合にのみ成立します。

わたくしの場合は二つ目の方法を適用することになりますが、第三者であるラルフ様がこの離縁は正当だと証明してくださいました。

ですから、スティーブがどんなに足掻こうとも離縁することは決まっているのですわ。

それに……

「もう、わたくしとスティーブは夫婦ではありませんわ」

わたくしは笑顔でそう言いました。スティーブは目を見開いて怒鳴ります。

「どういうことだ！　すでに夫婦じゃないだと⁉」

いちいち怒鳴らないと気が済まないのかしら？

内心で呆れ返りながら、わたくしは頷きます。

「ええ、もうすでに離縁の手続きはいたしましたわ。ねぇ、皆様？」

「そうだ……。すでにわしらが了承し、ラルフリード殿下に立ち会ってもらって、離縁は成立したぞ」

「ああ、本当に我が孫が申し訳ない……」

おじい様の言葉に同意して、カルロス様が謝罪をしてくれました。本来ならスティーブが言うことですのにね……

そう、わたくし達は二日前……スティーブが帰ってくる前に正式な書類を作成し、離縁をすでに成立させたのです。

「おじい様！　何故!?」

スティーブがそう問いかけると、カルロス様は視線を鋭くしました。

「……何故？　お前、本当に悪いことをしたと思わないのか？　それに、まだ妻だったシャーロットの様子に気づかないのか？」

「？　おじい様、僕は確かにマイアと浮気をしました。ですが、それは遊びです！　貴族には愛人くらいいるでしょう！　それに、シャーロットはそんなことでは傷つかないですよ。だって淑女の鑑みたいな女ですよ？　僕と一緒にいても感情を表に出さない、面白くない女です。僕よりちょっと仕事ができるからといって、上から目線なのも気に食わなかった！　僕が公爵になるはずだったのに！」

スティーブはそう思っていたのですね……。そんなにわたくしといるのが面白くなかったのですか……気に食わなかったのですか……

そう言われて、わたくしが傷つかないとでも？

わたくしだってひとりの人間ですもの、傷つかないわけがありませんわ。はぁ……

落ち込んでいるわたくしの代わりに、おじい様がお腹の底からものすごく低い声を発されました。

「貴様……。今まで黙って聞いておれば、随分とシャルのことを好きなように言うな……。自分の立場を考えろ！　もう貴様は公爵家の人間ではないのだぞ？　シャルへの態度を改めよ！」

「本当に無礼な人だ。いつまでもシャルに対しての暴言を見過ごすわけにはいかないからね？　不敬罪で捕らえようか？」

お父様も口調は穏やかですが、言っていることは全く穏やかではありません。

ついにおじい様とお父様の怒りが爆発しましたわ！

スティーブは青褪めています。どこまでも上の立場の人には弱いのですわね。

「オーガスト様、お義父様！　待ってください！」

「もう、お義父様と呼ばないでくれるかな？　不愉快だ……」

慌てているスティーブに、お父様はお顔を顰めながら言いました。

「っ！　あ、あの……」

お父様の言葉に大きなダメージを受けたのか、スティーブは黙り込んでしまいましたわ。

そんなスティーブを見てため息をつきながら、ラルフ様が問いかけます。

「それと、スティーブ。カルロス殿も言っていただろう？　シャルの様子に何か気づかないかい？」

「？」

スティーブはわからないようですわ。

お馬鹿さんね……。それ以上にわたくしに関心がないのかもしれませんが……

「わからないなら教えてあげようか。シャルはね、もう出産したんだよ……」

スティーブはそうラルフ様に言われると、わたくしの顔を凝視し、お腹に視線を動かしました。

そして、驚いているようですわ。

それにしても、ラルフ様に言われるまでわからないとは……。呆れますわ……

「しゃ、シャーロット……。出産、したのか？」

「シャルのこと呼び捨てにしないでくれるかな？」

「っ!?」

ラルフ様にぴしゃりと言われ、スティーブはびくりと体を震えさせました。

ラルフ様の言うとおりです。わたくし達はもう夫婦ではなく、他人ですもの。いつまでも呼び捨てにされるのは不愉快ですわ。

スティーブは一瞬嫌そうなお顔になりましたが、お父様とおじい様、さらにラルフ様の圧に気づき言い直しました。

「……シャーロット様、出産したのですか？」

わたくしはその問いかけに、ニッコリ笑ってさしあげましたわ。

「じゃあ、僕の子がもういるのか？　どこにいる!?　男の子か女の子かどっちだ？　早く会わせてくれ！」

スティーブは興奮しながら、矢継ぎ早に言います。

子供が生まれたことは喜んでいるようですね……。それなら親として、やっていいことと悪いことを自覚してほしかったですわ……

「スティーブ、あなたに子供を会わせる気はありませんわ」

わたくしはスティーブにハッキリ言います。すると、スティーブは激高しました。

「何故だ！　僕は子供の父親だろう！」

「君はどうしてそんなこと言えるのかな？　シャルがその子を妊娠している時に、他の女と遊んでいた君が……。父親として、堂々と我が子に会えるのかな？」

　スティーブは叫んでいましたが、お父様の言葉を聞いて勢いをなくします。

「それは……でも！」

「スティーブ、あなたには会わせませんわ。絶対に……！」

「……」

　わたくしがもう一度スティーブに言うと、恐ろしいお顔で睨んできますわ。

　けれど、そんなお顔をしても無駄です。

「何故、わたくしはあなたに子供を会わせたくないのだと思います？」

　そう問いかけても、スティーブはわたくしのことを睨みつけるだけですわ。

　わたくしには何か言いたいけれど、お父様達が怖くて何も言えないのでしょう……子供みたいですわね？

「わたくし、あなたに言いましたわ。出張という名の旅行に行く前に、出産間近だから側にいてほしいと……。それなのにあなたはキャンベル男爵令嬢との旅行を選んだではありませんか？　それに、わたくしが出産したことも、ラルフ様に言われるまでお気づきになられなかった！　子供に本当に関心があるなら、すぐに気づいたはずですわ」

　大体、わたくしが妊娠している時に遊びだからといって他の女性と関係を持つなんて……わたくしには理解できませんわ。

そんな人に、ルークは会わせられません……

わたくしが強い意志を込めて見据えると、スティーブは悔しそうなお顔になりましたわ。

わたくしに文句を言いたそうではありますが、言葉が見当たらないようですね。

「これで、ご理解いただけて？　もうわたくしの子には父親などいないのですわ……」

「……し、しかし、シャーロット……様の子は僕の子で、僕が父親です！　時として子供には父親も必要ですよ！」

「そう、ですわね……。父親が必要な時もあるでしょう……」

「なら！」

スティーブが期待に満ちた目でわたくしを見ます。

けれどもちろん、わたくしは首を横に振りました。

「ですが、あなたではありませんわ」

「っ!?」

確かに、父親が子供に必要な時もあるでしょう。両親仲良く子を育てられるのが一番の理想ですが、今のわたくし達にそれは難しいですわね。

わたくし、スティーブが父親を名乗るのは絶対に許せませんもの……

これはわたくしの我儘なのでしょうか。ちょっぴり、わたくしは目を伏せます。

すると、ラルフ様はやれやれとばかりにスティーブに声をかけました。

「スティーブ、そろそろ諦めたらどうかな？　いくら足掻こうと、もう無理なんだよ」

「ラルフリード殿下！　僕は……」

「自分で選んだことじゃないか？　その結果が離縁ということだ。シャルを裏切り、傷つけた。君の自業自得ではないかい？」

「僕は、離縁なんてするつもりはなかった、です……。だって浮気なんて他の貴族もしていることだと……そう思っていたから……。こんなことになるなら、絶対にしなかった！」

「でも、大人なら自分で判断できるよね？　やっぱり自業自得じゃないか？」

ラルフ様がスティーブにズバズバおっしゃいますわ。本当に、いつまで人のせいにしているのでしょうかね……

　次は、お父様が話し始めました。

「それはそうと、スティーブ君。君、キャンベル男爵令嬢のほうの子はどうするんだい？」

「っ……。それは……」

「本当に君は何も考えてないのだね」

　お父様はどうしようもないとばかりに首を横に振ります。すると、スティーブはまた叫びました。

「マイアのほうは僕は知らない！」

　まあ、無責任ですわね。我が家はともかく、キャンベル男爵家はどうするのでしょうか……

　スティーブもお馬鹿ですが、あの令嬢も常識があるようには思えなかったですもの。

　顔を真っ赤にしているスティーブに、お父様は冷静に問いかけます。

「しかし、君はそのキャンベル男爵令嬢に頼らなくてはいけないのでは？」

「それは、どういうことですか？」

「それは、私から言おう……」

「父上？」

突然、父親であるトンプソン伯爵が出てきたことに、スティーブは困惑を隠せていません。

トンプソン伯爵は改めてスティーブのお顔をまじまじと見て、深く深呼吸をしましたわ。

「……スティーブ、お前はもうサンチェス公爵家ではなく、トンプソン伯爵家の者だ。しかし、お前のしたことは、トンプソン伯爵家の顔に泥を塗る行為……。よって、スティーブ。お前を勘当する！」

ああ、スティーブにはまだ言っていませんでしたわね。

わたくしとは離縁した上で、トンプソン伯爵家からは勘当されるということを……

お父様のおっしゃったとおり、スティーブはキャンベル男爵令嬢に頼らなくては貴族でいられないですわね。

スティーブは最初はポカンとしていましたが、徐々に意味を理解したようです。信じられないというようにお顔を引きつらせながら、トンプソン伯爵を見つめますわ。

「ち、父上……。そんな、冗談言わないでくださいよ……」

「スティーブ……私がそんな冗談を言うとでも？」

「そ、そんな……。父上は僕のことを見捨てるのですか？」

「元はと言えばお前がしでかしたことの結果ではないのか？　お前が子供だったら、親である私達も一緒に罰を受けよう……。しかし、お前はもう成人したいい大人ではないか？　それも父親となるほどにな……。もう、自分のしたことは自分で責任をとれ」

「……」

厳しいお顔のままのトンプソン伯爵に言われ、スティーブは黙り込んでしまいました。

トンプソン伯爵はさらに続けます。

「それに、さっきも言ったが、お前のしたことは我がトンプソン伯爵家の顔に泥を塗る行為だ。当主たる私は、お前ひとりよりもトンプソン伯爵家の存続のほうが大事だ……。お前を庇うことで被る損害を、ジョエル達に負わせたくない。当主の私はそう判断したのだ……！」

「……父上……」

トンプソン伯爵は悔しそうなお顔でスティーブに訴えますわ。

親としてはスティーブの味方をしたいでしょうに、当主であるがために厳しい選択をしなければならないということなのでしょう……。トンプソン伯爵夫人は何もおっしゃいませんが、すごく悲しそうなお顔で二人のことを見ていますわ。

「スティーブ。君、父親であるトンプソン伯爵にここまで言わせておいて、それでもまだ自分は悪くないと思うのかい？」

「……」

ラルフ様の問いかけに、スティーブは目を瞑って考えている様子です。

「スティーブ、お前をそういう風に育ててしまった、私達にも責任はある……。だからせめて、慰謝料は私達が払う」

やはり、トンプソン伯爵は親としての温情は与えるようですわ。

スティーブはずっと何かを考えているようで、何も言いません。

すると、そこへセバスが来ました。

「公爵様、キャンベル男爵と令嬢がいらっしゃいました……」

あら？　わたくしは何も聞いていませんわ。思わずお父様を見ます。

お父様は全く動じた様子はなく、セバスに鷹揚に頷きました。

「ああ、こちらにご案内して」

「畏まりました」

セバスが部屋を出るのを見届けたあと、お父様はわたくしの顔を見てニッコリ笑いましたわ。

「もう、この際だからはっきりさせておこうと思って、私が二人を呼んだんだよ」

お父様は悪戯が成功した子供のように言いました。

キャンベル男爵と令嬢がいらっしゃることについて驚いたのはわたくしだけではなく、おじい様もトンプソン伯爵家の皆様も、もちろんスティーブもです。

ラルフ様だけはご存じだったようで、お父様と同じようなお顔でわたくしのことを見ています。

「シャル、そんなに驚いたかい？」

「ええ、お父様……。だってまさか、今日彼女と話し合うとは思わなかったですもの」

まだ動揺しているわたくしに、ラルフ様が言います。

「僕がね、今日みんな揃っているから男爵家も呼んだらどうかなって、宰相に提案したんだよ」

「ラルフ様……」

お父様とラルフ様は楽しそうですわ。この二人は敵に回したくないですわね……

今まで黙り込んでいたスティーブは、重い口を開きました。

「……マイアが、ここに？」

「ああ、そうだよ。スティーブ君。ここでこれからのことを決めたらどうかね？」

「……」

お父様の返事を聞くと、スティーブは再び黙り込みます。

スティーブは驚いてはいるようですが、勘当されることのほうが衝撃が大きかったらしく、静かにしていますわ。

「さて、キャンベル男爵は令嬢のしでかしたことについてどう行動すると思う？」

お父様に聞かれて、わたくしは肩をすくめました。

「さあ。わたくしはキャンベル男爵とお話ししたことはございませんから、わかりませんわ……ですが、彼女には貴族の常識というものがないように思います」

「そうだね。シャルの話を聞く限り、決して頭のよい貴族の娘ではないのだろうね」

わたくしは、セバスの調査報告書に書いてあったことと、以前社交界で聞いた噂を思い出します。

男爵自身は平凡な方だということしか耳に入りませんでしたわ。

ただ、男爵夫人のほうが、あまりよろしくないと……

今日はその男爵夫人はいらっしゃらないみたいだけれど、どうでしょうか？

一応お父様に聞いておきましょう。

「お父様、今日いらっしゃるのはキャンベル男爵と令嬢だけですわよね？」

「ああ、そうだよ」

「そうですか……」

なんとも言えない不安が残りますが、今は置いておきましょう。

すると、ラルフ様が心配そうにわたくしを見ます。

「シャル、キャンベル男爵夫人が気になるのかい？」

「!?　……はい。ラルフ様」

まさか気づかれると思いませんでした。

驚きを押し隠しながら頷くわたくしに、ラルフ様は優しく微笑みます。

「大丈夫だよ。今日呼んだのは男爵と令嬢だけだ。それでも、図々しく来たら……まあ、それはそれで地獄を見るんじゃないかな？　ねっ、シャル」

「そ、そうですわね……」

やはりラルフ様も男爵夫人の噂はご存じでしたか……

少し不安でしたが、ラルフ様がいらっしゃるので、もう大丈夫ですわ。黒い笑みを浮かべるラルフ様に敵う人は、レティお姉様くらいしかいないですものね……

そんなことを思いつつ、キャンベル男爵とマイアがここへ来るのを待ちます。

数十分が経過した頃、キャンベル男爵とマイアが部屋の中へ入ってきましたわ。

「し、失礼します！」

「失礼しますぅ」

キャンベル男爵のほうは、随分と緊張なされている様子ですわ。

小太りで、見た目はよく言えば優しそうですが、悪く言えば頼りない印象です。

それに比べて、令嬢のほうはニヤニヤしながら入ってきて、わたくしを勝ち誇ったようなお顔で見てきますわ。貴族の令嬢がする表情ではありませんわね。

彼女の話し方とお顔を見る限り、何を勘違いされているのかわかりたくもありませんが……正直に申しますと、腹が立ちますわね……

お父様はまるで二人を歓迎するかのように立ち上がります。

「やあ、よく来てくれたね」

「い、いえ！　ま、まさか、サンチェス公爵にお呼びいただけるとは思わなかったので……」

「あはは、そう緊張しなくても大丈夫だよ」

「は、はい……」

お父様はキャンベル男爵ににこやかに笑いながら話しているように見えますが、目が全然笑っておりませんわ。多分、わたくしと同じで、マイアの態度が気に入らなかったのでしょう。

キャンベル男爵も、お父様の雰囲気に何かを感じたようです。緊張で身を固くしたままですわ。

それに比べて、マイアは何をまた勘違いしたのか、お父様に話しかけます。

「サンチェス公爵様ぁ、はじめましてぇ。わたし、マイア・キャンベルと申しますぅ」

「……」

お父様はマイアに話しかけられて一瞬固まりましたわ。

しかし、すぐに笑顔だけ見せて、あとは何もおっしゃいません。キャンベル男爵のお顔の色が、すごいことになっています。娘の行動が信じられないという様子です。

「ま、マイア！　なんてことを……」

「？　お父様ぁ。どうしたのぉ？」

「いいから、お前は少し黙っていなさい！」

「なんでぇ？　お父様ぁ」

マイアはキャンベル男爵に、ブーブー文句を言っておりますわ。

そろそろ本当に黙ってほしいのですが……。とてもうるさいです。

「そろそろ、口を閉じてくれないかな？　うるさいよ」

「も、申し訳ありません！」

「はぁい」

お父様が威圧を込めてマイアに言うと、キャンベル男爵はお顔を真っ青にしていました。

けれどマイアはお父様に話しかけられたのが嬉しいのか、癇にさわる声で返事をし、ニコニコと笑みを浮かべています。

お父様は少し引いていますわね。普通はお父様に威圧されたら、恐ろしくて何も言えなくなります。キャンベル男爵の反応が正解ですわ。

それなのに、嬉しそうにするなど……。頭がおかしいとしか言えませんわね。

マイアの様子には、お父様だけではなく皆様も若干引いています。

そんな中、お父様は気持ちを切り替えて話し始めました。

「さて、そろそろ話すね。今日、キャンベル男爵と令嬢に来てもらったのは、どうしてだと思う？」

お父様がお得意の黒い笑みで、キャンベル男爵と令嬢に問いかけます。

すると、キャンベル男爵は激しく目を泳がせました。

「……も、申し訳ありません。私には見当がつきません……」

「わたしのことですかぁ？」

……一方のマイアは、ニコニコと笑顔全開です。

多分、よいほうに勘違いしているみたいですが、その笑顔はいつまで続きますかね……

お父様は少々馬鹿にしたようにクスリと笑い、マイアに言います。

「あながち間違ってはいないかな？」

「ほらぁ、やっぱりぃ。お父様ぁ、言ったじゃないですかぁ。今日、ここに呼ばれたことは悪いことじゃないってぇ〜」

マイアはさらに調子に乗っていますわ。ですが、騒いでいるのはマイアひとりだけだというのがわからないのでしょうか？　キャンベル男爵のお顔は、もう可哀想なほど真っ青ですよ。

「マイア嬢……」

「はぁい」

低く重いお父様の呼びかけに、マイアは喜んで返事をしました。

そんな彼女に、お父様はまるで氷のように冷たい視線を向けます。

「一体何を騒いでいるのかな？　ここを何処(どこ)だと考えているんだい？　ここは我がサンチェス公爵邸で、君のお家ではないのだよ」

あまりに見かねた態度に、ついにお父様の笑顔がなくなりました！　今までにこやかに見えたお父様に真顔で冷たく言われ、さすがのマイアからも一気に笑顔が消えます。

「あ、あの！」

マイアはお父様に何か話しかけようとしました。

けれどお父様は無視して、キャンベル男爵に険(けわ)しいお顔を向けます。

「君の娘は、貴族のマナーもなっていないようだね？　……キャンベル男爵？」

「も、申し訳ありません!!」

「マイア嬢はいい大人だろう？　これが五歳の子供なら笑って済ませるが、大人となると全然笑えないよ……」

「誠に申し訳ありません!!」

キャンベル男爵は土下座をする勢いで、何度も謝罪をしています。

すると、マイアが釈然としないようにボソボソと言いました。

「……なんで？　今日呼ばれたのは、わたしをこの家に迎えるためではないの？　なんで怒られないといけないの？　なんで……？」

まだ、スティーブと結婚すれば公爵夫人になれると思っているのですね。

それなら、今度こそは現実を見せてあげましょうね……

「キャンベル男爵令嬢、あなた、一体何を勘違いなされているの？　わたくし、あなたが突然この公爵邸にいらっしゃった時、申しましたわよね？　公爵夫人にはなれないと、ね？」

わたくしはお父様と同じように黒い笑みで言いましたわ。

すると、マイアはこちらを睨みつけて騒ぎ始めました。

「何よ！　なんであんたが、わたしは公爵夫人になれないと決めつけるのよ！　あんたは所詮この家の嫁でしょう!?　だったら、スティーブ様に愛されているわたしが公爵夫人になったほうがいいじゃない！」

……あら、ここにもお馬鹿さんがいましたわ。

まさか、わたくしがサンチェス公爵家に嫁いできたと思っていらっしゃるとはね……どうしたらこんな風にお馬鹿さんに育つのかしら？

それに、お父様とわたくしは髪と瞳の色が同じですが？　どう考えても、お父様とスティーブが親子だという考えにはなりませんわ。本当に頭がお花畑なのですわね……

お父様はマイアの言ったことに笑い始めました。

「あははは っ！　シャル、この小娘おかしなことを言っているね！」

「そうですわね」

わたくしは同意しました。お父様、笑いが止まらないようです。わたくしが嫁扱いされたことに対しての怒りが見えますわね……

「シャル、間違いを正してあげなさい。この愚かな小娘に……」

「はい、おじい様」

わたくしはおじい様にも頷きます。

おじい様の言葉には、マイアは言われないとわからないお馬鹿さんだという、軽蔑の意味が込められています。皆様の前で、おじい様はマイアのことを馬鹿にしたのですわ。

おじい様もお父様と同じく怒っておりますね。

お父様もおじい様も、マイアのことを令嬢ではなく小娘と呼んでおりますもの……

マイアは、完全にこのサンチェス公爵家を敵に回しましたわね。

「キャンベル男爵令嬢、あなたの勘違いをひとつずつ正していきますわね」

「勘違い？　そんなのしていないわ！」

「あら、そうかしら？　全て勘違いしていますけれど」

「そんなことないわ！」

なんでもかんでも反論してくるマイアに、わたくしは苛立ちが止まりません。

「とりあえず、聞いてくださる？　いつまでも騒がれますとお話が進まないので」

わたくしはニッコリ笑いましたわ。

すると、青褪めていたキャンベル男爵が復活し、マイアにぴしゃりと言います。

「マイア！　お前、いい加減にしろ！　いくつ非礼を重ねるのか！」

「お父様ぁ⁉」

「黙れ！　しゃ、シャーロット様、申し訳ありません！」

マイアはキャンベル男爵に怒られて、ようやく静かになりましたわ。

というより驚いて何も言えないというほうが正しいでしょうか？

多分、今までキャンベル男爵に怒鳴られたことなどなかったのでしょう。

まあ、とりあえず静かになったので話し始めましょうか……

「それでは話してもよろしくて？」

「はい、どうぞ！」

キャンベル男爵が勢いよく頷いたのを見て、わたくしは口を開きました。

「まず、ひとつ目の勘違い。わたくしはこのサンチェス公爵家の嫁ではありませんわ」

「……嫁じゃない？　じゃあ、一体なんなのよ！」

「わたくしはこのサンチェス公爵家の一人娘ですわ」

わたくしが言い切ると、お父様が優しく見つめてくれます。

「そう、私の可愛い愛娘だよ」

「⁉」

マイアはひどく目を見開きましたわ。

「う、嘘……。そんな……。だって、スティーブ様が公爵家の息子じゃないの……？」

マイアはわたくしがこのサンチェス公爵家の娘だと信じたくないようですわ。それでも現実は、わたくしだけがお父様の子供です。

「キャンベル男爵令嬢、だから言ったでしょう？　勘違いしていると……」

「……。はっ！　でも！　この公爵家の跡取りはスティーブ様でしょ！　それなら！」

「はぁ……」

やっぱりスティーブと同じでしたわ。貴族である以上、この国の制度くらい頭に入れていてほしいものです。

キャンベル男爵はお顔を青褪めさせながら、娘の発言に驚いています。

「……マイア。お前、知らないのか？」

「……？　お父様ぁ？」

マイアは不思議そうに小首を傾げています。多分、キャンベル男爵は貴族の常識くらいはあるのでしょう。しかし、マイアの教育だけは失敗していますわね。

……あと、ずっと気になっていたのですが、マイアはわたくしには普通に話すのに、男の人と話す時には、鼻にかかったような声で語尾を伸ばすのですね。

女性と男性で態度を変えるなど……わたくしは嫌ですわ。

わたくしが心の中でそんなことを思っていると、キャンベル男爵がマイアに教えていました。

「マイア、この国の貴族の跡取りについて、どんな認識をしている？」

「？　男性が継ぐのではぁ？」

「この国は十年前に制度が変わり、男女問わず第一子が継ぐことが正式になったんだよ……」

「……えっ？」

「マイア、私はお前の教育についてお前の母親に任せすぎたのを後悔しているよ……」

キャンベル男爵は悲しそうにマイアにおっしゃいましたわ。

一方で、マイアはポカンとしております。

「それじゃあ……スティーブ様は？」

マイアはずっと黙っているスティーブのことを見ました。

スティーブはマイアのほうを一瞬だけ見て、すぐに目を逸らしましたわ。

マイアはスティーブにそんな態度をとられ、少しだけ傷ついたようなお顔になりました。

「スティーブ君はサンチェス公爵家の婿だよ。そもそも男性が爵位を継承するままだったとしても、君と結婚するなら、公爵位はスティーブ君のものには絶対にならないということだね」

お父様は再び黒い笑顔でマイアにおっしゃいますわ。

「スティーブに何を言われたのかわかりませんが、キャンベル男爵令嬢もちゃんとお勉強していればわかることですわよ？」

わたくしがそう言うと、マイアはキッとわたくしのことを睨みましたわ。

まだ、わたくしには反抗的ですわね。そろそろわたくしが次期女公爵だと気づいているはずですのに……あっ！　言われないとわからないのでしたっけ？

それなら、お馬鹿さんにははっきり言わなくてはなりませんね……

「キャンベル男爵令嬢、もうおわかりになられない？　サンチェス公爵家はわたくしが継ぐということを……」

「そ、そんなことって！　嘘よ！　嘘！」

マイアは理解したくないとでもいうように、わたくしのことを睨み続けますわ。

そんなに嘘だと騒いでも、嘘ではありませんのにね……

「ねぇ、君。そんなに騒いで恥ずかしくないの？　とても貴族の令嬢だと思えないね……」

ラルフ様がマイアにそうおっしゃいますわ。

すると、マイアはわたくしからラルフ様に視線を動かしました。

マイアは今日はじめて、ラルフ様のお顔をしっかり見たのでしょう。その瞬間、見惚れて動かなくなってしまいましたわ。

「……っ！　あ、あのぉ、わ、わたしぃ」

マイアは急にラルフ様に媚びるように、またあの話し方でもじもじし始めましたわ……。これにはキャンベル男爵もスティーブも驚いていています。

わたくしも若干、驚いていますわ。ここまで態度が変わるものかと……。それにこれはちょっと、気持ち悪いですわね……

ラルフ様もわずかにですが、お顔が引き攣っていますわ。

「あのぉ、どなたかわかりませんがぁ、すごぉくかっこいいですねぇ！　わたしぃ、この人が次期公爵とは知らなくてぇ。悪気はなかったんですぅ」

「……」

ラルフ様は何も言わず、お顔を引き攣らせたままじっとマイアを見ていました。マイアはそれを気にすることもなく、話し続けています。

「なのにぃ、この人がいかにもわたしだけが悪いみたいな感じでぇ、悪者にするからぁ。誰だってわからないことや間違うことだってあるじゃないですかぁ。それなら最初から教えてくれればいいのにぃ。わざわざみんなの前で言うなんて酷いと思いませんかぁ？」

マイアは震えている小動物のように、愛らしく振る舞っています。

……呆れましたわ。あんなに傍若無人な態度を皆様の前で晒したのに、ラルフ様……お顔がよい男性には、態度をころっと変えるのですもの。

けれど確かに、わたくしに対する態度を見ていなければ騙される男性もいるのではないでしょうか？　スティーブが騙されたうちのひとりですわね。

ですが、マイアはお馬鹿さんには変わりないです。

急にそんな態度をとられたから、皆様は未知なるものを見ているようなお顔になっていますよ。

そんな周りの様子が見えていないのか、マイアはラルフ様に近寄っていきます。

……あなた、スティーブのことを愛しているのではなくて？　誰彼構わず見た目がよろしい男性ならいいのですね……

思わずマイアを見る目がさらに冷たくなります。ラルフ様も呆れたように口を開きました。

「君さ……」

「はぁい」

「随分と神経が図太いんだな……。こちらに来ないでくれるかな？　不愉快だ……」

「っ！」

ラルフ様はあからさまに嫌そうなお顔でそう言い、マイアを避けるようにわたくしの隣に来ましたわ。そして、やれやれと肩をすくめてきっぱりと言いました。

「それに、君、僕のことがわからないなんて、本当にこの国の貴族かい？　僕はね、常識がない人は嫌いなんだよ。それに、シャルのことを悪く言うやつはもっと嫌いだ」

わたくしはラルフ様がそうおっしゃってくれたことが嬉しくて、涙が出そうになりましたわ……

ラルフ様はマイアに見せつけるようにわたくしに寄り添い、いつもと同じ笑顔を見せてくれますわ。わたくしもラルフ様の笑顔につられ、微笑んでしまいます。

すると、マイアはもちろん、スティーブも驚きを隠せないようです。

「……なんでぇ？」

マイアはラルフ様に拒絶されながらも、まだ媚びる演技は続けています。

まったく諦めが悪いですわね……

わたくしがため息をつくと、マイアは再び口を開きます。

「きっとぉ、あなたは騙されているんですよぉ～。だってぇ、わたしのほうが可愛いしぃ、何よりも男性を癒すのが得意なんですぅ」

「っ!?　……マイア!?」

キャンベル男爵は娘の発言に倒れそうです。いっそ気絶できたら楽でしょうにね、キャンベル男爵は……

ですが、これがあなたの娘なので、現実をしっかり知ってもらわなくてはなりません。

だから、気絶しないで頑張ってくださいまし。

わたくしが心の中でキャンベル男爵に同情していると、ラルフ様は信じられないというようにつぶやきます。

「君、よくそんなこと言えるね」

「だってぇ、その人はつまらないし、可愛いくもない。家柄だけが取り柄だって、スティーブ様が言ってましたからぁ。女の子に生まれたのに可愛くないって言われる人よりぃ、わたしのほうが絶対、ぜぇーったい、いいですよぉ」

マイアはニコニコとわたくしの悪口を言います……腹が立ちますわ……

だから、わたくしも毒を吐いてあげましょう。

「あら、わたくしがあなたより劣っているとは思いませんわ。……だってあなた、さっきから聞いていれば、とても貴族とは思えない発言ばかりですもの。貴族というより娼婦みたいですわ……あっ！　失礼いたしました。娼婦の方のほうが、常識がある人はたくさんいらっしゃいますわ。なのに、あなたと一緒にされてはね……」

「なんですって!?　ほらぁ～わたしのことをすぐに悪く言うぅ」

ほら、わたくしが何か言うとすぐにボロが出ます。

あなたの性格の悪さは皆様にバレていらっしゃるので、おやめになったら？　その演技。

それに、わたくしを悪者にするのはもう無理があります。いい加減にお気づきになってはどうかしら？

「君さぁ……」

「助けてくださぁい。わたし、この人こわぁい」

ラルフ様が話しかけたことにより、目を輝かせるマイア。

しかし、ラルフ様の口から出たお言葉は辛辣でしたわ。

「君の頭はどうなっているのかな？　さっき僕は君のことが嫌いだよって、ハッキリ言ったじゃないか。それに、シャルの悪口を言うやつはもっと嫌いだと言ったよね？　お前は馬鹿なのか？　……あと、そろそろ気づかないの？　シャルを悪く言うほど、ここにいる者達の怒りを買っていることにね……」

すると、マイアはやっと周りの様子を見ましたわ。

お父様とおじい様は怒りのあまり無表情です。

トンプソン伯爵家の皆様も、それぞれ不快なお顔をしていらっしゃいます。

スティーブだけがマイアの本性を見て、後悔しているようですわ。

マイアはお父様達を見て、キャンベル男爵と同じく青褪めました。やっとお馬鹿さんの頭でも、この状況がまずいことに気づいたようです。

ラルフ様は呆れたようにため息をつきます。

「やっと気づいたかな？　それに、君はシャルのことを言う前に、自分の行いを反省するべきではないかい？」

「……」

「あら、ここにきてだんまりですの？」

マイアは懲りずに一瞬だけわたくしのことを睨みつけましたが、隣のラルフ様のお顔を見てすぐに俯きました。

しばらく沈黙が流れます。心なしか部屋が寒く感じました。

最初とは違い全く笑顔を見せないお父様は場を見回すと、気を取り直すように手を一度叩きます。

「不愉快な小娘のせいで話が進まなかったね。それじゃあ、本題を話そうか」

「こ、公爵様……」

「ああ、キャンベル男爵。君は知っているのかい？」

怯えた様子のキャンベル男爵にお父様は尋ねます。キャンベル男爵は心当たりがないようで、首を捻りました。

「なんのことでしょう……？」

「君の娘、我がサンチェス公爵家の婿だったスティーブ君との子供がお腹にいるようだよ」

お父様が言った瞬間、キャンベル男爵は血相を変えました。

「っ!?　ま、マイア、それは、本当のことか……？」

「……」

キャンベル男爵は娘が身籠ったことを知っていらっしゃらなかった？
マイアはキャンベル男爵に聞かれても、何も言わず黙って俯いています。すっかり大人しいことですこと。

そんなマイアに、お父様はさらにプレッシャーをかけています。

「おや？　なんで何も言わないのかな？」

「マイア！　答えなさい！」

「お、お父様ぁ。わ、わたしぃ」

大声をあげたキャンベル男爵に、マイアはおどおどと口ごもります。
そんな娘にしびれを切らしたのか、キャンベル男爵はさらに声を荒らげました。

「はっきりと言いなさい！」

「……はい。スティーブ様との子がお腹にいます」

「なんということだ……」

頷いたマイアを見て、キャンベル男爵は今にも倒れそうです。
しかし、マイアは医者にもかかっていたようですし、当主であるキャンベル男爵が知らないということがありえるのでしょうか？

「なぜ私に知らせなかった？」

疲れた様子で聞くキャンベル男爵に、マイアは泣きそうになりながら答えます。

「だってぇ、お母様がお父様には黙っていなさいって言っていたからぁ……」

「それで、お前は母の言う通りにしたのか？」

「お母様が、お父様が知ったら子供を堕ろされるって言うから……産むまで隠しなさいってぇ」

普通、子供を産むまで隠し通せるわけがありませんわ。やはり、マイアの母であるキャンベル男爵夫人も愚かですわね……。大方、マイアに間違った教育をした張本人なのでしょう。

キャンベル男爵は怒りでわなわなと体を震わせています。

「そんなの、当たり前だろう。お前ははるかに格上の相手の夫に手を出したのだ。こうやってもめる前に、穏便に済ませるに決まっているではないか！　そもそも、お前が相手がいる男性に手を出していたことに、私は失望したよ……」

「そんな！　お父様、酷いわ！　だって、わたしとスティーブ様は愛し合っているからこそ子供を授かったのに！」

一体どの口がおっしゃるのかしら？　つい今までスティーブそっちのけでラルフ様に媚びてアピールしていらっしゃったではありませんか。

わたくしがそんなことを考えている間にも、キャンベル男爵とマイアの言い合いは続きます。

「お前がその子を産むことは許されないぞ！」

「そんなぁ……お父様ぁ」

マイアはしょんぼりと肩を落としています。

自業自得としか思えませんが……わたくしは口を開きました。

「別に産んだらよろしくては……？」

「!?」

わたくしの発言に、キャンベル男爵とマイアは驚いていますわ。

マイアが産もうが産まいが、もうわたくしには関係のない話ですし。何を驚くことがございますの？

「しゃ、シャーロット様」

名を呼ばれ、わたくしはキャンベル男爵へと視線を向けます。

「なんですの？　キャンベル男爵」

「娘が子を産むことを許してくださるのですか？」

「何故、わたくしの許可が必要なのです？　勝手に産んだらよろしくては？」

「いや、あの……」

キャンベル男爵は戸惑（とまど）っている様子ですが、もうスティーブとは離縁していますし、マイアのお腹の子については親である二人が決めたらいいですわ。

親がお馬鹿だからといって、マイアのお腹の子には罪はありませんもの。

すると、今まで俯（うつむ）いて静かにしていたマイアが、再びうるさくなりましたわ……

「やったぁー！　聞きました!?　お父様ぁ！」

「マイア、落ち着きなさい……」

「だってぇ、この人が産んだらいいと言うからぁ。それならここに住んでもいいってことでしょ？」

「……はあ？」

マイアの言葉に、わたくしを含む皆様がポカンといたしましたわ。

まったく、理解できませんわ……。一体どういう考え方をしたら、マイアがこの公爵邸に住むことになるのでしょうか……？

「ま、マイア。それは……」

「なぁに？　お父様ぁ」

キャンベル男爵はこちらをチラチラと見てきます。もちろん、そんなお顔をされても、マイアをここに住まわせるわけがありませんわ。

わたくしは表情を厳しくして、マイアにきっぱりと言います。

「一体何故、あなたがこの公爵邸に住むことになっていますの？　勝手に産めばよろしいとは言いましたが、この公爵邸に住んでいいとは言っていませんわよ？」

「っ！　な、なんでよ！」

マイアは大きな声で叫びます。

困りましたわね……。また、わけのわからない解釈をしているのでしょうね……

「何故そのようなお考えになったのですか？」

「だってぇ、この子はスティーブ様の子ですよぉ？」

「ええ、それはもう存じておりますわ」

わたくしが頷くと、マイアは得意げな顔になりました。

「ならぁ、わからないんですかぁ？　頭悪いですねぇ～」

「……」

……腹が立ちます。大体、あなたの考えなどわかりたくもありませんわ！

こんなことがなければ、あなたとは一生会うはずもなかったですし！

すると、ラルフ様はわたくしにそっと寄り添い、背中に手を当ててくださいました。ラルフ様を見ると、微笑んでくれましたわ。

わたくしの些細な変化などお父様くらいしかわからないのに、ラルフ様は気づいてくださるのですね。レティお姉様もそうですけど、ラルフ様も観察眼に優れているようです。

ああ、ラルフ様を見ているとだんだん落ち着いてきます……

さて、お馬鹿さんの考えを聞きましょうか……

「キャンベル男爵令嬢、もう一度お聞きしますわ。何故、この公爵邸に住めるとお思いになられますの？」

「じゃあぁ、教えてあげますぅ」

マイアはわたくしにニヤニヤとした笑みを向けます。

ですが、ラルフ様が寄り添ってくださっているので、先程とは違って心は穏やかですわ。

いつまでもお馬鹿さんに苛立つのは、時間の無駄ですものね……

そう思ってわたくしが息を吐くと、マイアは話し始めました。

「この子はスティーブ様の子ですぅ。スティーブ様はぁ、この家の婿でここに住んでいるのでしょう？　だからわたしもここに住むのですぅ」

だから、その謎の理論は何処からくるのでしょう……？

わたくしはそのまま思ったことを言いますわ。

「だから、言っていることの意味がわかりませんわ」

「だからぁ！　スティーブ様はあなたの家に住んでいるのでしょう？　家族はみんな一緒にいなきゃダメじゃないですかぁ。だから、わたしがスティーブ様のところに来てぇ、一緒にここに住むのですぅ。……まぁ、本当はあんたはいないほうがいいけど、この家の持ち主だから許してあげるぅ」

随分とおめでたい頭の人ですこと……それに厚かましいですわね。

何故、そんなことが言えるのか、わたくしには理解できませんわね。

それに、今の時点ではこの家の当主はお父様ですから、家の持ち主もお父様ですわ。

本当にお馬鹿さんですね。

お父様がすかさず毒を吐きます。

「どこまでも愚かな小娘だね……」

「こ、公爵様！」

キャンベル男爵は冷や汗が止まらないようですわ。お父様は鋭い視線をキャンベル男爵に向けます。

「キャンベル男爵、君の責任は結構重いと思うよ？」

「も、申し訳……」

「このサンチェス公爵家の当主である私や、シャルのことを馬鹿にしすぎではないかな？」

　お父様も、もう怒りを隠そうともせずに続けます。

「私がこの公爵邸にその小娘を住まわせると思うか？　愛する娘の夫を奪い、傷つけ、挙げ句の果てにシャルの悪口をいう小娘を……。キャンベル男爵、父親としてどう思う？　もし自分の娘がそんな目に遭い、そしてその忌まわしい存在が娘の側にいることを、君は許すのかい？」

「……公爵様」

　キャンベル男爵はお父様に言われたことに対して、何も返せませんわ。お父様はそんなキャンベル男爵を険しい表情で見据えます。

「シャルがいないほうがいい？　家の持ち主だから許す？　どこまで愚かで厚かましい……。大体、そんなことが言えるのが、不思議でたまらないよ」

　そうですわよね、お父様。

　それに……お父様を怒らせた時点でキャンベル男爵家は貴族として終わりですわ。

「公爵様ぁ、なんで怒っているのぉ？」

　マイアが勇敢にもお父様に問いかけますわ。というより、状況が理解できていないようですわね。

　お父様がマイアをギロリと冷たく睨みます。

　マイアはその視線を受けて、ビクリと体を震わせましたわ。

「君が馬鹿なことばかり言っているから、シャルに不敬な態度をとり続けているから」

お父様はニコリともせず、淡々とマイアにおっしゃいます。

「それと、さっき君は、家族は一緒にいなければいけないと言っていたけどね……。だったら好きなだけスティーブ君と暮らせばいいよ」

「えっ！　ならここに……」

「平民街でね」

お父様は最後に、黒い笑顔でそうおっしゃいましたわ。

ああ、やっぱりこうなりましたか……。まあ、お父様を怒らせたらこうなることは予想していましたがね。

お父様の言葉に、マイアはお顔を強張らせました。

「……なんで？」

「なんでとは？　何も疑問に思うことなどないだろう？　格上の相手に非礼を重ねた結果だよ」

「だって、だって！　なんで平民街なのよ！　スティーブ様はサンチェス公爵家の人なのでしょう？　それなら平民街に住むなんておかしいじゃない！」

うん？　スティーブはわたくしと離縁し、もう公爵家の人ではありませんが……。それにお父様も、婿だった、、、ったっておっしゃったはずですが……

あっ……ハッキリ離縁したとは言っていませんでしたわ。

「キャンベル男爵令嬢、スティーブはもうサンチェス公爵家の者ではありませんわ」

「……はあ？」

マイアは何を言っているのかわからないといったようなお顔を見せます。

そんな彼女に、わたくしは続けます。

「わたくしとスティーブは離縁いたしましたの。わたくしのことを裏切る人などと一緒にいたくはないですからね」

「えっ？　えっ？」

マイアは混乱しているようですわ。ふふっ、まさかすでに離縁しているとは思ってもなかったのでしょう。

わたくしからスティーブを無理やり奪い取って優越感に浸りたかったのでしょうけれど……お馬鹿さんはこちらから捨ててやりますわ。

「それじゃあ、スティーブ様はもう……」

「わたくしとはなんの関係もございませんわ」

わたくしが答えると、マイアはスティーブのことを見ました。

スティーブは下を見ながら後悔しているようなお顔をして、マイアには見向きもしませんわ。

そんなスティーブに近づいていき、マイアは首を傾げます。

「スティーブ様ぁ？」

「……君のせいだ」

「えっ？」

「君に子供なんてできるから！　僕は公爵家を追い出された！」

スティーブはマイアに対して怒鳴り散らしました。

うわぁー、どこまでもクズですわ……

身籠(みごも)ったのはマイアだけが悪いわけではありませんのに。ご自分にも責任があるのではなくて？

やはり離縁して正解でしたわ。

「す、スティーブ様ぁ、でも、一緒に暮らせますよ？　それにスティーブ様はぁ、離縁しても伯爵家の人でしょう？」

マイアはスティーブに縋(すが)りながら話しかけていますわ。

しかし、さっきまで大人しかったスティーブは、嵐の前の静けさだったとばかりに気持ちを爆発させています。

「違う！　もう、トンプソン伯爵家の者でもない……。勘当(かんどう)されて、もう……」

「そ、そんな……」

マイアは膝(ひざ)から崩れ落ちます。

「だから言ったじゃないか。平民街でね、と」

お父様は二人を見ながらそうおっしゃいました。

「これでわかったかい？　自分達がしでかしたことの大きさを……。それに、怒らせてはならない人達を怒らせ敵に回したことを、ね？」

ラルフ様はニッコリ笑っていますわ。

そんな二人の言っていることが届いているのかいないのか、スティーブはマイアのせいだと繰り

返し、マイアはどこかボーッとしています。

これは、二人にとっては見事に地獄ですわ。

どちらも欲を出さずに誠実でいれば、こんなことにはならなかったですのに。

まあ、この人達に関しては可哀想だとは思いませんけどね。

さて、そろそろこれで話し合いは終わりが見えてきましたわね。

お父様が男爵家への制裁を下そうとした時、セバスがまたお父様に何かを伝えに来ました。

キャンベル男爵とマイアが来た時とは違い、今回はお父様だけに伝えているようですが、なんでしょうか？　……心なしか、お父様が難しいお顔になっていきますわ。

「はぁ……」

「お父様？」

わたくしが呼ぶと、お父様は眉間に皺(しわ)を寄せておっしゃいます。

「シャル、面倒ごとが増えたようだよ……」

「宰相、それは……」

ラルフ様も何か察したようで、表情を硬くしました。お父様は頷きます。

「ああ、ラルフリード殿下。ご想像している通りだよ」

「？」

面倒ごとが増えた？　それは一体……？

ラルフ様は何があったのか想像できているようですわ。

張りつめた雰囲気に落ち着かないでいると、セバスがお父様に尋ねます。

「それで旦那様、如何いたしましょうか？」

「ああ、こちらに来てもらって……。あと、一応護衛も呼んで対応できるように……」

「畏まりました……」

護衛を呼ぶ⁉

お父様とラルフ様以外の者は、何事かと驚きを隠せません。

「シャル、招かざるお客様がいらしたようだよ」

「っ！　それは……」

お父様に言われてわたくしの頭に浮かんだのは、悪い噂の絶えないキャンベル男爵夫人……

「キャンベル男爵？　君の奥さんが何故か来たようだよ」

「⁉」

「……お母様が来たの？」

キャンベル男爵がまずいというお顔をした一方で、マイアは安心したように緊張を緩めました。

「どうして来たのかな？　呼んだのは君と娘だけなのにね……」

お父様が鋭くキャンベル男爵を睨みつけます。八つ当たりをしているようにも見えますわ……

「も、申し訳ありません！　つ、妻にはここへ来ることは内緒にしていたのですが……」

「それでも来たようだけどね」

「申し訳ありません‼」

キャンベル男爵は、お父様に謝ることしかできないようですわ。妻と娘の尻拭(ぬぐ)いばかりですわね。今日一日で何回わたくし達に謝ったことでしょう……。大変ですこと。

「お父様、なんでお母様にここへ来ることを教えなかったの？　わたし、お母様に話したわよ。お母様、すごく喜んでくれて……」

多分、マイアは今日ここに来るまではすごく楽しみだったようですわ。わたくしではなく自分が公爵家に選ばれると……だから、母親に自慢したのでしょう。公爵夫人になれるとね。

母親のほうもお馬鹿さんらしいですから、勝手にここへ来たに違いありません。まったく迷惑ですわ。

「……マイア、余計なことを」

キャンベル男爵は夫人が何かやらかすことがわかっていたのか、あえて教えていなかったようです。

「さて、どんな馬鹿が来るのかな？」

お父様がそう言うと、キャンベル男爵は絶望したお顔になりました。

しばらくすると、何やら騒いでいる声が聞こえてきます……。しかも、我が家の使用人のことを悪く言っているようですわね……。不愉快(ふゆかい)ですわ……

「何やら不愉快(ふゆかい)な声が聞こえてくるね」

「ええ、本当耳障りですこと……」

わたくしと同じく眉をひそめたお父様に頷きます。

嫌な思いをさせたでしょうから、彼女を案内した使用人にはボーナスを出さなければ……我が家の使用人達は何も間違った対応などしていませんもの。

招かれてもいないのに、図々しくいらっしゃったほうが悪いのではなくて？

「も、申し訳……」

「ああ、もう君が謝罪する必要はないよ。彼女には、自分で責任をとってもらわなくてはね……」

「……」

キャンベル男爵はお父様にそう言われ、黙るしか選択肢がなかったようです。

お父様は、夫人に関してはキャンベル男爵が庇うことすら許さないとおっしゃったのですわ。

すると、声が一際騒がしくなりました。

「まったく！　公爵家の使用人なのにグズグズしているわね！　娘が嫁ぐ時にはクビにしてやるわ！」

まあ、なんてこと……。我が家の使用人に対して無礼ですわ。

マイアの時よりも、怒りが沸々と湧いてきます。

そして扉をノックする音とともに、使用人が部屋に入ってきました。キャンベル男爵夫人がいらしたと言われ、お父様が入室の許可を出しましたわ。

現れたのはゴテゴテした派手な格好をした女性。この人がキャンベル男爵夫人ですね……

そのあとに我が家の護衛騎士の男女四人が入ってきましたわ。

四人も護衛を控えさせるなんて……。しかも腕が立つ者達ばかり。セバスは心配性ですわね。

「皆様ぁ、ごきげんよう。わたくしはキャンベル男爵の妻でぇ、カーラ・キャンベルでございますぅ」

キャンベル男爵夫人はよくこの空気の中、話し始められますわね。お父様もラルフ様も凍(こご)えるような視線で見ていますわ。

「夫と娘がこちらに呼ばれていると聞き、わたくしも来ましたのぉ。遅れたことは申し訳ありませんわぁ。けれどぉ、女性は支度(したく)に時間がかかるでございましょう？　許してくださいましぃ〜」

……キャンベル男爵夫人とマイアの血の繋がりがよくわかります。話し方といい、この態度といい、そっくりです。

「それにしてもぉ、公爵家の使用人にしてはあまりにも態度がなっていないのではぁ？　だって、わたくしなんて招いていないとおっしゃるのですわよぉ〜。何故かしらぁ？　夫と娘が招かれている時点で、わたくしも招かれていますのにねぇ。おこがましいかもしれませんがぁ、あの使用人達はこの公爵家に……」

「そのうるさい口を閉じてくれないかな？　不愉快(ふゆかい)だ……」

「……えっ？」

「キャンベル男爵夫人、私は君のことは招いてはいないよ。それなのに突然我が家に来るなんて、とんだ無礼者だね……？」

お父様はニコリとも笑わずにキャンベル男爵夫人におっしゃいますわ。

キャンベル男爵夫人のほうはお父様に冷たくそう言われ、固まってしまいます。

この感じ、さっきもありましたわね……

少しの間、キャンベル男爵夫人は動きを止めていましたが、何かの間違いだと思ったのでしょう。再び話し始めましたわ……

「おほほほほぉ！　公爵様はご冗談がお好きなのねぇ！」

本当に、自分に都合よく考える親子ですわね……

キャンベル男爵夫人は高らかに笑っていますわ。

しかし、それはキャンベル男爵夫人だけ。みんな、彼女のことを冷ややかに見ていますわ。

その周囲の反応に気がついたのでしょう。キャンベル男爵夫人は徐々に笑い声を小さくしました。

「……ま、まさか、本当に……？」

「私は冗談など言っていないし、好きでもないよ」

「っ!?」

キャンベル男爵夫人はお父様の言葉に驚いたようでした。

その意味を理解して、キャンベル男爵のようにお顔を青くされるかと思いましたが……

「な、なんで！　夫と娘を招いたなら、わたくしのことも招くのが当然でしょう!!」

キャンベル男爵夫人はすごい形相(ぎょうそう)で怒(いか)り始めましたわ。というより、癇癪(かんしゃく)を起こしているようですわね……。いい大人が子供のように騒ぐなど、みっともないですわ。

「か、カーラ。落ち着きなさい」

「あなたは黙ってて！　大体、あなたがわたくしも招かれるようにしてくれなきゃダメでしょう！

全く気が利かないわね！　だから、わたくしが恥をかいたじゃない！」

あまりの夫人の醜態にキャンベル男爵が注意しましたが、その怒りの矛先は彼のほうに向かいました。

本当に、貴族に相応しくない態度ばかり……。いい加減騒がしくて耳が痛くなりますわ。

「そのうるさい口を閉じてくれます？　本当に、親子揃ってマナーがなっていませんこと……」

わたくしはギャーギャー騒いでいるキャンベル男爵夫人に、顔を顰めて言いました。

すると、キャンベル男爵夫人はギロリとこちらを睨んできましたわ。

まあ、怖いお顔だこと……

「なによ、この小娘、偉そうに……あっ！　この小娘がわたくしのマイアの邪魔をする女ね！　この公爵家はスティーブ様に愛されているマイアのものよ！　さっさと出て行きなさい！」

ここにもいらっしゃったわ。お馬鹿さん……。実際、あなたよりは偉いですのよ。

お父様達のお顔をご覧なさい、さらに冷たく氷のようですわ。

「ふふっ、揃いも揃ってお馬鹿さんばかりですこと……」

わたくしは思わず言葉をこぼしました。お馬鹿さんには丁寧に現実を見せなくてはなりませんね。

「この小娘……。わたくしのことをお馬鹿さんですって⁉」

「ふふっ、それ以外に何かあります？」

「っ！　小娘の分際で生意気ですこと！　それにあなた！　わたくしにそんな態度をとってもよろしくて？　わたくしはこのマイアの母親！　サンチェス公爵夫人になる子の母親なのよ！　これか

ら追い出される身でありながら、なんて態度が大きいのかしら！」

わたくしが鼻で笑うと、キャンベル男爵夫人はさらに喚きました。

生意気な態度だなんて、本当に愚かな人……

「そのお言葉……そっくりそのままお返ししますわ、キャンベル男爵夫人」

「な、な、なっ！」

顔を真っ赤にして言葉を失っている夫人に、わたくしはたたみかけます。

「追い出されるのは、あなた達のほうですわ、キャンベル男爵夫人。勉強不足にも程がありますわね……」

「なによ！　まだわたくしにそんな態度をとるのね！　大体、そんな可愛らしくない態度だから、スティーブ様はわたくしの可愛いマイアを選ぶのですわ！　そもそも、マイアにはこの公爵家の跡取りかもしれない子がお腹の中にいますのよ！　あなたみたいに女の責務も果たせていないような者はさっさと別れて出て行きな……」

キャンベル男爵夫人がわたくしに暴言を吐いている最中に、ドンッという音がしました。

それは、わたくしの隣に座っているラルフ様がテーブルを叩いた音でした。

そしてラルフ様は、キャンベル男爵夫人のことを恐ろしい目で睨みましたわ……

「黙れ……。それ以上、シャルに対する暴言は僕が許さない！」

「なぁにこの人……。お顔はよろしいですけど、部外者は黙ってくださいまし！」

「……部外者だと？」

あまりにも失礼すぎるキャンベル男爵夫人の言葉に、ラルフ様はさらに眦を吊り上げました。

わたくしはラルフ様がこれほどまでに怒りをあらわにしている姿を、今まで見たことがありません……

キャンベル男爵夫人は意味がわからないという表情をしたあと、勝手に何かに思い至ったようでポンと手を打ちます。

「ああっ！　そういうことですの。この女は、この男性と浮気していたのね！　だったらなおさら、わたくしのマイアのほうが公爵夫人に相応しいですわ！　その浮気女はスティーブ様がマイアに夢中だからって、他の男に癒しを……」

「黙れ!!」

「っ！」

わたくしへの暴言を続けるキャンベル男爵夫人を、ラルフ様が怒鳴りつけました。

わたくしは程度の低い人からの暴言など気にはしませんが……わたくしのために怒ってくださる存在がいるだけで、強くなれますわ。

とはいえ、ラルフ様のことを巻き込むのは許せないですわね……

「わたくしがラルフ様と浮気？　はっ！　笑わせてくれますわ。わたくしはあなたの娘とは違って貴族の責務を全うしておりますわ。浮気する暇などありません！」

「わたくしのマイアを悪く言うなんて！　貴族の責務を全うしている？　していないじゃない！　子を成す義務を成し遂げて……」

「わたくしはもう子を産んでいますわよ。このサンチェス公爵家の跡取りを……」

「えっ？」

さっきまで勝ち誇ったような表情だったキャンベル男爵夫人は、わたくしの発言にぽかんとしています。

このまま叩きつけてやりましょうか。

「親子揃って勘違いをされていますが……。このサンチェス公爵家の正統な血を引いているのはわたくしですわよ？　スティーブではありませんわ」

キャンベル男爵夫人は大きく目を見開きました。

そんなに驚きますかね……普通に見れば、お父様とスティーブが親子だとは思いませんが。

「本当に何故、私の子がスティーブ君だと勘違いをするのかね……。どう見ても私とシャルが親子だろう。自分の都合のよいようにしか考えられない馬鹿なのだね」

お父様もわたくしと同じように思っていらっしゃいました。

キャンベル男爵夫人はわたくしとお父様を交互に何回も見ますわ。

すると、ラルフ様がおっしゃいます。

「大体、貴族の中でサンチェス公爵家の髪色と瞳は有名だよ。銀髪に青い瞳。それが正統な公爵家の証(あかし)だともいえるのにね……」

ラルフ様のおっしゃるとおりですわ。だから、常識のある貴族は間違えることなどありえないのですが。

キャンベル男爵夫人は、恐る恐る聞きます。

「そ、それなら……スティーブ様は？」

「公爵家の婿だった人ですわ」

キャンベル男爵夫人は少しの間静かになりましたが、はっと思いついたように話し始めましたわ。

これはまた嫌な予感がしますわね……

「ですが、スティーブ様とて公爵家の一員でしょう？　公爵家の者がわたくしの可愛いマイアを身籠らせたのですもの。責任は取ってもらわなくては」

先程のマイアと同じことを言うのですね。何が責任を取ってもらわなくては、ですか。マイアはわたくしとスティーブが結婚していたことを知っていましたのにね……

「ふふっ、言ったでしょう？　婿だったと……。わたくしとスティーブはもう離縁していますの。だから、我がサンチェス公爵家には関係ございませんわ。責任はスティーブ本人に取ってもらってくださいまし」

「そ、それでも！　スティーブ様が公爵家にいた時に身籠った子ですわ！　公爵家として責任を……」

なおも食い下がろうとするキャンベル男爵夫人を遮って、わたくしは言い放ちます。

「我がサンチェス公爵家は、キャンベル男爵家に慰謝料を請求しますわ」

「なんですって!!」

再びキャンベル男爵夫人は怒り始めましたわ。

「なんで慰謝料を払わなきゃいけないのよ！　わたくし達が被害者だわ！」

「いいえ、もう調査してわかっておりますのよ。キャンベル男爵令嬢がわたくしと結婚していることを知っていながら、スティーブに近づいたことなど……。人の夫を取るなんてタチが悪いですわ」

お父様は頷くと、わたくしの言葉を引き継ぎます。

「それにね、あなたは娘が公爵夫人になると言って、周りの者に傲慢な態度を取ったこともわかっているよ、キャンベル男爵夫人。勝手にサンチェス公爵の名を使い、我が家の評判を落としかねない行動をした責任を取ってもらわなくてはね……」

キャンベル男爵はハッと驚いたように夫人のことを見ていますわ。ご存じなかったのね……

いくら夫人とマイアがお馬鹿さんでも、キャンベル男爵にはちゃんと二人の手綱を握っていてほしかったですわね。

しかし、キャンベル男爵夫人は全く反省する様子を見せずに反論してきますわ。

「なんでそれがダメなのよ！　娘が公爵夫人になると思っていたのですもの！　それにわたくしは傲慢な態度などとっていませんわ！　どなたがわたくしの悪口を言ったの!?　誰なんですの!?」

「情報提供してくださった人を教えるわけがありませんわ」

わたくしは、セバスがマイアの浮気の証拠と一緒に調べてくれた情報を思い出します。

セバスの調査によると、キャンベル男爵夫人は平民の生まれで、裕福な商家の娘。

三人姉妹ですが姉は歳が離れているので、両親はとても彼女を甘やかして、お姫様のように育てたそうです。妹を甘やかしすぎだと姉達が諫めても両親は聞かず、むしろ彼女に何か注意をすれば両親に泣きついてしまうので、姉達のほうが怒られたとか……

お馬鹿さんではありますが、ずる賢いところはあるようです。自分が有利になることに関しては、頭の回転が速くなるみたいですね。

それから、姉達はキャンベル夫人を見放したそうです。

キャンベル男爵夫人は平民の中ではお顔が整っているほうですし、裕福ですから、好き勝手していたらしいですわ。そう、誰かの恋人を奪い取ったり……

キャンベル男爵夫人がこんなことになってしまったのは、彼女を育てた両親にも責任がありますわね。

そんな夫人が育てたのだから、マイアがお馬鹿さんになるのは当然といったところでしょうか……

今まで平民だったこの方は、今回と同じような方法で人のものを奪い、優越感を覚えたのでしょうが、この貴族社会……しかも高位貴族の家では通用いたしませんわ。

「本当に、貴族らしい振る舞いもできないのなら、平民のままでいればよかったのにね」

「っ！」

ラルフ様の嫌味に、キャンベル男爵夫人は顔を真っ赤にされました。

「な、なんて失礼なの！　顔がいいからって生意気ですわ！　わたくしに対してその発言！　無礼ですわ！　目上の人への態度としてどうなのかしら!?」

どの口が言っているのでしょうか？　わたくしは大きなため息をつきます。

「ラルフ様、そろそろ教えてあげてもよろしいですか？」

「そうだね、シャル。話していれば気づくかなって思っていたけど、馬鹿には無理みたいだ」

ラルフ様の発言を聞いて再び騒ぎ出そうとしたキャンベル男爵夫人より、わたくしは先に言いましたわ。

「こちらのお方はこのベネット王国の第一王子、ラルフリード・ベネット様でございますわ」

わたくしはニッコリと笑ってキャンベル男爵夫人にラルフ様を紹介しました。

すると、キャンベル男爵夫人とマイアはラルフ様の正体を知り、固まりましたわ。

「……えっ？　王子様……？」

「嘘……」

呆然とされているようですが、今までの非礼がなかったことにはなりませんわよ……

「まさか僕のことがわからない貴族がいるとはね……」

「しかも、ラルフリード殿下にここまで非礼な態度をとるなんてね……」

一周回って感心しているようなラルフ様に、お父様が同意しています。

本当に、彼女達のラルフ様やお父様、わたくしに対しての態度よりこちらのほうが驚きですわ！

王族に無礼を働いたのですから、キャンベル男爵家はもう、貴族ではいられないでしょう。

そのことに気づいているのはキャンベル男爵のみですわね……。諦めた様子を見せていますわ。

「そ、そうですの！　お、王子様でしたの⁉　まあ、わたくしったら失礼を……。おほほほっ！

申し訳ありませんわ」

キャンベル男爵夫人はラルフ様に謝り、笑って誤魔化そうとしていますが、そんなことは許されません！

「もう謝って済むことではありませんわ」

わたくしはハッキリ言い切りながら、彼女達の顔を見回します。

ラルフ様を見るキャンベル男爵夫人とマイアの瞳はギラギラと光っていて、まるで獲物を見ているようです。まだ懲りずに、ラルフ様のことをそんな目で見るのですか……

それにしても、この人達はお顔がよくて権力がある男性なら、誰にでも色目を使うのでしょうか？　先程からの態度で、ラルフ様に嫌われているとは思わないようですね？

どこまで頭の中がお花畑なのでしょうね。

呆れきって何も言えないわたくしの目の前で、キャンベル男爵夫人はラルフ様にすり寄ります。

「王子様といったら、次の国王様でしょう？　それなら、わたくしの可愛いマイアを妃にしてはどうかしら？　マイアなら日々の疲れを癒すことができますわよ」

わたくしの忠告は無視ですか……今までヒステリックな姿を晒しておきながらラルフ様にそんなことを言えるのですね。

それに次期国王がレティお姉様だということを、この人はやはり知らないのですね！

何故かマイアももじもじし始め、チラチラとラルフ様を見ています。

スティーブと愛し合っていて、その上身籠っているのに、浮気心を隠さないなんて信じられません！

わたくしが思わず唖然としていると、ラルフ様は険しい表情で口を開きました。

「馬鹿なことを言わないでくれるかな？　君の娘にはスティーブとの子がいるだろう。王子だと気づいた瞬間に手のひらを返されても不愉快なだけだよ。……それに、僕は次期国王ではない。僕の姉が次期国王だ。そんなことも知らないのかい？　……こんなに常識のない相手に、これ以上の話は無駄だ。宰相、そろそろ終わりにしたらどうかな？」

「ええ、そうですね、ラルフリード殿下」

お父様が、ラルフ様の提案に首肯しました。

はあ、やっと終わりますわ……

「キャンベル男爵、覚悟はいいね？」

お父様が言うと、キャンベル男爵は頷きましたわ。

「はい、公爵様。覚悟はできています。どんな処罰でも受けます……」

「あなた!?」

夫人が甲高い声をあげますが、キャンベル男爵はもう反応を返しません。

「キャンベル男爵家にはそれ相応の慰謝料を請求する。それと、これまでの我が公爵家とラルフリード殿下に対しての非礼について、キャンベル男爵夫人とマイア嬢には責任を取ってもらうよ」

お父様は今日一番の黒い笑みでおっしゃいました。

キャンベル男爵はどんな処罰でも受けるとおっしゃいましたが、キャンベル男爵夫人とマイアは全く受け入れるつもりはないようですわ。

「あなた！　何を言っているの⁉」

「そうよ！　お父様！　どうしてわたしが責任を取らなくてはいけないの！」

「お前達がどんなに喚こうが処罰は免れない……。それも自業自得だから仕方がないじゃないか！　お前達が理解できなくてもな！　それに、お前達を庇うことによってさらに処罰が増える！　お願いだからもう大人しくしていてくれ……」

キャンベル男爵が夫人とマイアに怒鳴りましたわ……。頼りなさそうな印象でしたが、怒ると迫力がありますわね。

キャンベル男爵の言葉に、夫人とマイアは驚いたように好き勝手叫び始めます。

「……な、な、なんですって⁉　あなた！　わたくしにそんなことを言うの⁉　信じられない！　あなたはわたくしの味方だって言っていたじゃない！　嘘だったの⁉　わたくしは、わたくしは悪くないわ！　悪くない！」

「お父様、酷い！　お父様だけはわたしとお母様の味方でしょう！　なんで？　なんで？　わたしはお母様の言う通りにしただけ！　悪いのはお母様よ！　わたしは悪くない！」

「マイア！　あなたもわたくしが悪いと言うの⁉　わたくしはあなたの幸せを願っていただけじゃない！　大体、あなたが上手くやればよかっただけじゃないの！」

「お母様、酷いわ！」

まあまあ、うるさいですわ……今ギャーギャーと騒ぐのはやめてほしいですわね。

それにしても、ここにきて親子喧嘩ですか。全く反省することもなく、親子でどちらが悪いかのなすりつけ合い。なんて醜いのかしら……

「お前達！　いい加減にしろ！　どちらも悪いと言っているだろう！」

「わたくしは悪くない！」

「わたしは悪くない！」

キャンベル男爵が二人に厳しく注意しましたが、彼女達は自分の非を認めるつもりはないようです。わたくし達がキャンベル男爵家が騒いでいるのを冷ややかな目で見ていると、突然マイアがこちらをギロリと睨みましたわ。

「……あんたのせいよ」

「はい？」

意味がわからず首を傾げると、マイアは声を荒らげました。

「あんたがいなければ、こんなことにはならなかった!!」

「そうよ！　あなたがいなければわたくし達はこんなことにはならなかったわ！」

そう言うと、マイアとキャンベル男爵夫人はわたくし目がけて襲いかかってきましたわ。

突然のことにわたくしは動けませんでしたが、隣にいるラルフ様が前に出て庇ってくださいました。

同時に、控えていた護衛達が迅速にマイアとキャンベル男爵夫人を取り押さえてくれましたわ。

マイアはお腹に子がいるので比較的に優しく押さえつけていますが、キャンベル男爵夫人は容赦なく掴まれているようです。

「本当に、愚かだね……。せっかくキャンベル男爵が注意しているのにもかかわらず、さらに愚かなことをしでかすとはね」

お父様はため息交じりにそう言いますが、マイアはさらにわたくしのことを睨み、大声をあげながら暴れています。

「あんたが！　あんたがいなければ！」

わたくしを恨むなんてお門違いも甚だしいですわ。

この結果は、全ては彼女達が選んだ行動によるもの。一番は常識のお勉強を怠ったことでしょうかね。

わたくしはそんなことを考えながら、マイアに問い返します。

「わたくしがいなければ、ですか……」

「そうよ！　あんたがいなければわたしは上手くいってた！」

「それか、あなたがスティーブ様とマイアのことを認めれば、二人は幸せに暮らせたわ！」

そのキャンベル男爵夫人の言葉に、わたくしは顔を顰めました。

キャンベル男爵夫人は、わたくしがスティーブとマイアの愛人関係を認めて、我慢したまま結婚生活を続けろと言っているのでしょうか？

確かに当主が愛人を持つことは、残念ながらあります。

しかし、わたくしはお父様とお母様のような仲睦まじい夫婦に憧れていたのです。お母様が亡くなったあとも、お父様は一途にお母様だけを愛していらっしゃいます。

わたくしは、そんなお父様を一番近くで見ていますもの。

当然、わたくしの伴侶となるお方は、誠実で一途に思ってくださる相手であることを求めます。

そんな人と、生涯を共にしたかったですわ……

「わたくしが我慢すればよかったとおっしゃっているのですか？　キャンベル男爵夫人」

ほんの少し悲しい気持ちを抱きながら、わたくしはキャンベル男爵夫人を見据えました。

「ええ！　そうよ！　あなたが二人を認めて、ここの家に住まわせればみんな幸せじゃない！」

「わたくしは幸せではありませんが？」

「あなたも愛人を作ればいいじゃない！」

もう、言っていることがめちゃくちゃですわね。

「わたくしは次期サンチェス公爵……。わたくしの家で我慢する必要などありませんわ！」

「あなたね！」

まだ食い下がろうとするキャンベル男爵夫人に、わたくしはたたみかけます。

「そもそも！　あなた達ごときに、何故わたくしが我慢をしないといけないのか理解できません。

それに、王族に無礼を働いた以上、あなた達は責任を取ることは免れられませんのよ。これ以上は無駄ですわ」

「なんですって!!」

キャンベル男爵夫人は暴れようともがいていますが、護衛達がしっかり押さえていてくれているので安心です。

「もうそろそろ連れて行ってくれ。ここにいさせたら、何をするかわからないからね」

お父様がそう言うと、セバスと護衛達がマイアとキャンベル男爵夫人をどこかに連れて行きました。

最後の最後まで、マイアとキャンベル男爵夫人は騒いでいました。ひとり残されたキャンベル男爵は静かに二人の後ろ姿を見ていましたわ。

「……キャンベル男爵、慰謝料については後日詳細を送るよ。君は気の毒だね……。二人が問題を起こさなければ、静かに暮らせただろうにね」

憐（あわ）れむようなお父様にキャンベル男爵は何も言わず、深々と頭を下げました。

そして、キャンベル男爵は静かにお帰りになられましたわ。

トンプソン伯爵家の皆様も、そのあとにお帰りになられました。

最後に、スティーブのお顔を悲しそうに眺めて……

取り残されたスティーブは、わたくしのことを縋（すが）るような目で見てきます。

「……シャーロット、様」

助けを求めるようにわたくしの名前を呼んでも、もう遅いですわ。今更、都合のよいことなど起こりませんもの。

「さて、スティーブ君もそろそろ出て行ってくれないかな？」

「っ！」

お父様が険しいお顔で、スティーブに退室を命じます。

「お……こ、公爵様」

「もう君はこの家の者ではないんだ。ここにいる意味はないだろう？　まあ、少しの情けとして宿は取ってあるよ。その間に仕事を見つけるといい」

「……仕事？」

スティーブはお父様の言葉に不思議そうな表情になります。

お父様は、きっぱりと言いました。

「君、嘘をついて旅行に行って、仕事を休んだでしょ？　それに、公爵家のお金を勝手に使っていた。王宮でも横領なんてされたら、たまったものじゃないからね。……要するに、今の仕事はクビだよ。まあ、自業自得だよね……」

「あ、あ……」

スティーブは呆然とその場から動きませんわ。いや、動けないのでしょうか？

「どうやらスティーブ君は動けないから、誰か連れて行ってくれ」

お父様がそう言うと使用人達が部屋に入ってきて、呆然とするスティーブを連れて行きました。

多分そのまま、この公爵邸から追い出されるのでしょう。

さよなら、スティーブ。もう二度と会うことはないでしょう……

スティーブがいなくなり、部屋にいるのはわたくしとお父様、おじい様とラルフ様の四人になりました。

お父様はみんなの顔を見回し、穏やかに口を開きます。

「みんなお疲れ様」

「お疲れ様でした。それと、わたくしのためにありがとうございました」

「いや、どうってことないさ！　わしは見守っていただけだしな……。ただ、何度、あやつらを殴りたくなったか……。必死に堪えておったわ！」

「おじい様……」

わたくしは、おじい様の言葉に少しだけ苦笑します。

確かに、おじい様は不自然に静かだと思っていましたわ。それが、手を出さないように我慢していたからだとは……

「ははっ、オーガスト殿の言っていることがわかるな」

「そうだよね、私の可愛いシャルを何回も侮辱してくれたしね……。すごく不愉快だった」

ラルフ様は笑いながらおじい様に同意し、お父様は先程のことを思い出したようで、眉間に皺を寄せています。

わたくしが嫌な思いをしたら、わたくし以上に怒ってくださる存在がいることに感謝しなくてはいけませんね。

「お父様、おじい様、ラルフ様。ありがとうございます。わたくしは幸せ者ですわね」

「シャルには幸せになってもらわないと。それが私の幸せでもあるからね」

お父様がニッコリ微笑んだ傍らで、おじい様はしゅんと肩を落とします。

「わしは勝手に婚約を決めて、シャルを傷つけてしまった……。本当にすまなかった……。わしが言えたことではないかもしれないが、わしもシャルの幸せを一番に願っているぞ！」

「シャル、これからは幸せになるよ。絶対に」

ラルフ様は強い眼差しで、わたくしを見つめてくださいました。

本当にありがとうございます。お父様、おじい様、そしてラルフ様……

第五章

あの話し合いから、数ヶ月が経ちましたわ。

あれ以降、わたくしは穏やかに過ごすことができました。

それは、お父様とラルフ様がわたくしの代わりに後始末をしてくれたおかげです。

『産後すぐにあの話し合いは疲れただろう？　あとは僕と宰相に任せてゆっくり休んだらいい。ルークも、母が近くにいたほうが安心するはずだ』

ラルフ様がそうおっしゃって、お父様とお二人で色々としてくださりましたわ。

ラルフ様もお父様も他にもお仕事があるのにありがたいことです。

わたくしはお言葉に甘えて休ませていただきました。

やはり、自分では大丈夫だと思っていても、意外と心労はあったようで、少しだけ体調を崩してしまいましたわ。それで、ラルフ様とお父様にまた心配をお掛けしてしまったのですが、安静にしたらすぐに治りました。

それからはルークの育児をしたり、公爵家のお仕事をできる範囲でしたりしましたわ。

そんな中でルークの成長を日々感じることができ、わたくしはなんとも言えないような幸せを感じました。

わたくしの我儘で、ルークからは父親の存在を奪ってしまいました。

そのため、貴族は子供の世話を乳母に任せきりにしてしまうこともあるのですが、可能な限りわたくしはルークの側にいることを決めましたわ。

そのせいか、ルークはわたくしが側にいない時はすごく泣いてしまいます。

けれどわたくしの姿が見えると泣きやみ、ニコニコと笑ってくれますの。本当に可愛いですわ〜。

それに、ルークはこの頃人見知りするのか、わたくしとジナ以外の人が近づくと、泣き出してしまうのです。それで、お父様とおじい様がショックを受けていたことも……まあ、もう少し成長したら、お父様とおじい様にも笑ってくれるでしょう。

わたくしは、そのようにルークを中心にして過ごしていましたわ。


そんなある日のことです。わたくしはルークを抱っこし、公爵邸の庭で散歩をしていました。

「ルーク、今日は晴れてお外が気持ちいいわね」

「うー！」

「ふふっ、ルークもそう思うのね」

わたくしの言葉にニコニコと笑いながら反応してくれるルーク。

多分何を言っているのかはわかっていないでしょうが、わたくしが笑っているからルークも笑ってくれているのだと思います。

「それにしても、子供の成長というのは早いものですね。シャーロット様」

わたくしの側にいたジナがそう言いますわ。

「ええ、そうね。少し前に産んだばかりだと思っていたのに、もうニコニコと笑ってくれるまでに成長してくれたわ」

「あとは公爵様にも泣かないでくれると安心ですね」

「ふふっ。お父様、ルークに好かれようと必死ですものね。でも、大丈夫だと思うわ。だって、少しずつ泣き方が穏やかになってきているもの」

「そうですね！　ルーカス様は賢い子ですものね！」

そんな話をジナとしていると、セバスが来てわたくしに言いました。

「シャーロット様、ラルフリード殿下がいらっしゃいました」

「えっ？　ラルフ様が？」

「はい、お話ししたいことがあるそうで」

ラルフ様が来てくださったことは嬉しいけれど、なんのお話かしら？

突然いらしたことは、少し不思議ですが……

「セバス、それなら急いでラルフ様をお出迎えしなくてはね」

「シャーロット様、ラルフリード殿下はこちらにいらっしゃるそうです」

「あら？　そうなの？」

「はい、本日はお天気もよいですからね」

「うーん、それもそうかしら？」

部屋の中で話すことではないのでしょうか？　それなら本当になんの話か全く見当がつかないですわ。

「それなら、ここへ案内してちょうだい」

「畏まりました」

セバスはラルフ様を案内するために去っていきました。

すると、突然ジナが笑い声を漏らします。

「ふふっ。シャーロット様、ラルフリード殿下がいらっしゃって嬉しそうですわ」

「っ！　じ、ジナ！」

「シャーロット様、他の人はわからないと思いますが、心なしかラルフリード殿下のお名前を聞くと笑顔が柔らかくなりますもの」

わたくしの顔はそんなに緩んでいるのでしょうか？

「そ、そんなこと……」

「私はわかりますよ！　何年シャーロット様のお側にいると思っているのですか？」

ジナは自信満々にそう言います。

確かに、ラルフ様は初恋の人ですから、意識していないというと嘘になってしまいますわね……

ジナは以前から気がついていたのでしょうか？

すると、ルークはわたくしの動揺を感じ取ったのか、手をわたくしの顔にペチペチと当てます。

「あら。ルーク、どうしたの？」

「あー！」

「ふふっ、ルークは優しい子ね。でもお母様は大丈夫よ」

「あー！」

ルークは元気に可愛らしく声をあげました。その愛らしさにジナも目を細めながら、わたくしに言います。

「シャーロット様、ルーカス様をお預かりしますか？」

「そうね……。ラルフ様にもルークの成長した姿を見せたいし、このまま抱っこしているわ。ラルフ様を見てルークが泣いたら、少しだけ見ていてくれる？」

「畏（かしこ）まりました、シャーロット様」

しばらくすると、セバスがラルフ様を連れて来ましたわ。

「やあ、シャル。体調はもう大丈夫かい？」

「ラルフ様、ごきげんよう。もう体調はすっかりよくなりましてよ。ラルフ様もお父様も心配性ですわ」

「心配にもなるさ、シャルのことなら」

「ふふっ、ありがとうございますわ、ラルフ様」

未だにわたくしが体調を崩したことを心配してくださるラルフ様。その気持ちが嬉しいですわ。

ラルフ様はニコニコ笑みを浮かべながら、ルークに近づいてきます。

「おっ、ルークも大きくなったな～」

「あの、ラルフ様……」

そんなにルークに近づくと泣き出してしまいますわ。

ほら、ルークが固まって泣きそう……あら？

「うん？　なんだい、シャル？」

「あ、えっと、なんでもありませんわ」

驚くわたくしに、ラルフ様は不思議そうな顔をします。

「？　ルークを抱っこしても？」

「え、ええ、構いませんわ」

そう言って、ラルフ様はルークのことを抱っこしましたわ。普通なら、この時点でルークは泣き出していてもおかしくないのですが……ラルフ様に抱っこされても不思議と泣きません。

わたくしは、思わず呆然とつぶやいてしまいます。

「はじめて見ましたわ……」

「シャル？」

「ええっと、ルークはこの頃人見知りが激しくて、わたくしとジナ以外は抱っこできないのですわ……」

「そうなのかい？　いい子に抱っこされているけど？」

「本当にめずらしいですわ」

それに、ルークはラルフ様に抱っこされて安心しているように見えます。

「そっか……。ルークも応援してくれているのかな？」

ラルフ様が何やら小声でおっしゃいましたが、わたくしには聞き取れませんでしたわ。

「ラルフ様、何かおっしゃいまして？」

「ううん、なんでもないよ」

ラルフ様は微笑んでおられますが、わたくしは首を傾げます。

「？　そうですか。それではここではなんですし、ガゼボでお茶をしながらお話ししませんか？」

「そうだね。じゃあ行こうか」

ラルフ様はルークを抱っこしたまま、ガゼボに向かいます。

ガゼボでは、ジナがお茶の準備をしていましたわ。やはり、我が家の使用人達は優秀です。

ルークはラルフ様の抱っこがすっかり気に入ったのか、腕の中でリラックスしていますわ。

「本当にルークはいい子だね」

「ええ。それに、ラルフ様のことが好きみたいですね！　ラルフ様に抱っこされて安心していますもの」

「嬉しいな……」

ラルフ様のルークを見る瞳が、すごく優しいですわ。

「もう少しこのままでいたいけど、そろそろ話そうか」

ラルフ様がそう言うと、ジナが側に来てルークを預かってくれました。

ジナがルークをつれてわたくし達から離れたのを見て、ラルフ様は息をひとつつきます。

「まだ理解はできないかもしれないけど、子供には聞かせたくないからね……。少しだけルークには待っていてもらうよ」

「それは……」

ラルフ様が話したいことを察して、わたくしは表情を引き締めました。ラルフ様は頷きます。

「あの人達について、話しておいていたほうがいいかと思って。シャルは秘密にされるの、嫌だろう？」

「はい……。ラルフ様、教えてくださいまし」

それから、ラルフ様は話してくださいましたわ。

スティーブは公爵家を追い出されたあと、しばらくはお父様にとってもらった宿にいたそうです。それから仕事を探していたようですが結局見つからず、恥を忍んでトンプソン伯爵家に頼みにいったらしいですわ。

当然トンプソン伯爵は門前払いをしたのですが、ジョエル様が仕事先を紹介したとのことです……やはり、ジョエル様はスティーブに甘いですわね。

そのくらいならと、お父様もラルフ様も目を瞑（つぶ）ることにしたそうです。今はそこで真面目に働いているならよかったですわ。

キャンベル男爵家は、我が公爵家に払う慰謝料によってお金がなくなり、没落したそうです。

それと、キャンベル男爵と夫人は離縁したらしいですわ。貴族でなくなって、男爵は夫人の我儘（わがまま）に耐えられなくなったそうです。

しかし、キャンベル男爵本人は仕事を真面目にやっていたおかげで、別の男爵家の補佐を頼まれ、領地の管理を手伝う仕事がすぐに決まったそう。

一方、キャンベル夫人は男爵にも捨てられて実家を頼ったようですが、甘えさせてくれた両親はもう亡く、商会を継いだ姉からは拒絶されたとのことですわ。

だから、今はマイアとスティーブに縋るしかなく、一緒に住んでいるそうです。

マイアは無事に元気な女の子を産んだようですわ。

最初はスティーブと幸せに暮らせると喜んでいたようですが、現実は甘くありません。

平民では貴族のような贅沢ができませんもの。次第にストレスが溜まっていったようで、スティーブや母親のキャンベル夫人に当たるようになっているようです。おかげで喧嘩が絶えないのだとか……

スティーブは貴族の頃では考えられないくらい豹変したマイアに、疲れているそうです。

しかし今更逃げられるわけもなく、マイアと嫌々暮らしているみたいですね。

それと、おまけでついてきたキャンベル夫人にも苦労しているらしいです。

とんだ爆弾を抱えたスティーブ。自業自得ですね。

一通り話し終えると、ラルフ様は小さくため息をこぼしました。

「ざっとこんなもんかな……。しばらくは監視をつけておくよ。追い詰められた者は何をしでかすかわからないからね」

「ラルフ様、ありがとうございます」

「いや、どうってことないさ」

ラルフ様からあの人達についてお話を聞かせてもらったあとに思ったことは、やはりスティーブとマイアの愛は偽物だったのね、ということです。

『マイアは天真爛漫で可愛い』と言っていたスティーブ。

『わたし達は愛し合っている』と豪語していたマイア。

結局それは偽りだったということです。

これからもっと苦労するかもしれませんが、わたくしは知りませんわ。全ては自分で選んだ結果ですもの。

ただ、ひとつだけ気になることがありますわ。

「シャル？」

「あっ、なんですか？　ラルフ様」

「いや、何か気になることでも？」

ラルフ様は鋭いですわね。わたくしはしばし逡巡して、口を開きました。

「ひとつだけ気になったことが……」

「なんだい？」

「マイアは、そんな状況でちゃんと子育てをしているのでしょうか……？」

「ああ……」

わたくしには、スティーブとマイア、夫人がちゃんと子育てをしている様子が思い浮かびません。

子供には罪はありませんから、きっちりしていただきたいです。

何よりあの人達の施(ほどこ)す教育は怪しいですから、子供の将来が心配です。

「それがね、意外にもスティーブが頑張っているそうだよ」

「⁉　……そうなんですの？」

目を見開くわたくしに、ラルフ様は首を縦に振ります。

「子供は可愛いみたいでね」

「そう、ですか。それならいいですわ」

そう……スティーブがちゃんと子育てをしているのですね……

そのままちゃんと育ててくれるといいですけれど。

少しだけ、わたくしは考えます。

スティーブが浮気をせず、まだわたくし達が夫婦だったなら、ルークのことも一緒に育ててくれたのでしょうか……？

なんだか、微(かす)かにではありますが、胸に靄(もや)がかかったような気分になります。

わたくしが少しだけ物思いにふけっていると、ラルフ様がおっしゃいましたわ。

「シャル、それにしても公爵家で飲むお茶は美味(おい)しいね」

「！　よかったですわ。ラルフ様にも気に入っていただけて」

突然ラルフ様は違う話をし始めましたわ。……わたくしのことを気遣ってくれたのでしょうか？

「ああ。それに、ここは落ち着くね」

ラルフ様はすっかりリラックスしているように見えますわ。

すると、いいことを思いついたかのように顔を輝かせました。

「大切な話も終わったし、またルークを抱っこしてもいいかな？」

「ふふっ、もちろんですわ！」

ベルを鳴らし、控えていた侍女に、ジナにルークを連れてくるように伝えてもらいます。

しばらくすると、ジナがルークを抱っこしてきました。

「シャーロット様。ルーカス様をお連れしました」

「ありがとう、ジナ。さぁルーク、お母様のところへおいで」

「うー!!」

ルークは満面の笑みでわたくしに抱っこされます。ルークの笑顔はわたくしを幸せにしてくれますわね。先程の気持ちはすっかり忘れてしまいますわ。

「抱っこしたいけど……笑顔でシャルに抱っこされているルークを引き離すのもな……」

ラルフ様がなんとも言えないような難しいお顔になっています。

「ふふっ、ルーク。ラルフ様がルークのことを抱っこしたいんですって」

「あう～」

「ささ、ラルフ様。どうぞ」

とりあえず、今はご機嫌なルークをラルフ様へと渡してみます。

先程も泣かなかったし、今もラルフ様がいてもご機嫌だから大丈夫ですわよね？

難しいお顔になっていたラルフ様でしたが、ルークを抱っこした途端に柔らかい表情になります。

ルークも泣く気配がなく、笑顔でいい子に抱っこされていますわ。

「ルーク、いい子だね」

「うー！」

ルークは人見知りが治ったのかと思えるほどに、ラルフ様に笑顔を見せています。

それにしても、不思議ですね……。ルークはお父様ですら泣きますのに。ルークの中で、ラルフ様は何か特別なのでしょうか？

わたくしはそう心の中で思いつつ、目の前の素敵な光景に幸せな気分になりましたわ……


ラルフ様がスティーブ達のことを教えてくださった日から、数日が経ちましたわ。

わたくしは執務室でため息をついていました。

「はぁ……」

「シャーロット様、お疲れではありませんか？　少し休憩いたしましょう」

「ありがとう、セバス」

「いえ。シャーロット様、お茶をどうぞ……」

セバスは温かいお茶を淹れてくれます。

わたくしは一口お茶を飲んだあと、もう一度ため息をついてから話し始めます。

「はぁ……。もう、毎日、毎日、毎日、うんざりだわ！」

「そうですね……。皆、権力や欲望に忠実ですね」

「わたくしが離縁してからまだ数ヶ月しか経っていないというのに！　こうも毎日釣書を送ってくるなんて！」

そう、わたくしが離縁したということが世間に知られたあと、わたくしとの再婚を望む貴族令息達から多くの釣書がサンチェス公爵家に届いたのです。

もちろん、再婚なんて今は考えられません。お父様はわたくしが公爵になることも許してくださってますし、わたくしのあとにはルークもいます。無理して結婚しなくても後継者はいますもの。

それなのに、このサンチェス公爵家という王家に次ぐ高い権力は、とても魅力的らしいですわ。

放っておいてほしいと思っても、そうしてはくれないでしょう……

それに、わたくしには一番の悩みの種があります……

「それにこの方々は、一向に諦める気配がありませんわね……」

たくさんの釣書の中から、わたくしはひとつを指さします。セバスはそれを見て、またかという顔をしました。

「あぁ、キキモワール侯爵様ですね……」

「そうよ。ずっと、ずうっと、わたくしに次男のロレンツォ様をすすめてくる侯爵様よ」

そう、たくさんの釣書の中で、一番厄介な人物。

ザカリー・キキモワール侯爵。そして侯爵の次男であるロレンツォ・キキモワール。

この二人には実に困っています……

まず、キキモワール侯爵は野心家で、根っからの男尊女卑の思考の持ち主。レティお姉様が王太女になることも反対していた人物です。

きっと一人娘であるわたくしを自分の息子と結婚させ、公爵家の実権を握りたいという魂胆なのでしょう。

対して息子のロレンツォ様は、なんでも幼い時に参加したガーデンパーティーでわたくしに会った瞬間に、恋に落ちたそう……

それからというもの、ずっとつき纏ったり、ものすごい頻度で手紙を寄越したり、当時すでに婚約者だったスティーブを目の敵にしたりと、迷惑してきました。

けれど、わたくしがラルフ様やサミュエル様と一緒にいる時には、睨むくらいしかできなかったようですわ。さすがにラルフ様達に対して喧嘩を売ろうものなら、罰せられますものね……

なんだか小物感があって、全然好きになれませんでしたわ。今もですけれど……

「まったく、いい加減諦めてほしいわ。何度お断りしても懲りずに送ってくるのですもの」

「神経が図太い以上にマナーすらなっていませんね」

本当に、何度断っても諦めない親子。

お父様が氷のように冷たいオーラを出しながら、迷惑だというニュアンスを含ませて直接お断りしたこともあったのですが、全然諦めませんでした……

その諦めの悪さを、別の分野……ぜひ人々の役に立つことへ向けてほしいと、わたくしとお父様は何度思ったことでしょう。

「わたくしがロレンツォ様を選ぶことは絶対にないのに……。はぁ……」

いけない、またため息をついてしまいましたわ。

「それに、キキモワール侯爵家には何やらきな臭い噂もありますし、近づかないことが賢明な判断でしょう」

そう、セバスの言う通りキキモワール侯爵家にはきな臭い噂があります。

キキモワール侯爵家は我がサンチェス公爵家ほどではありませんが、今の貴族の中ではそれなりに歴史のある貴族です。

ただ、歴史があるといっても由緒正しいという言葉は似合いません。

キキモワール侯爵家は数代前から悪い噂が絶えないからです。

しかし、その噂はあくまでも噂に過ぎません。

未だに貴族でいるということは、キキモワール侯爵が悪事に関わったという証拠が見つからないということです。いくら証拠が見つからなかったといえど、噂には真実味があります。王家も警戒し続けているというのが現状です。

わたくしはセバスに頷きます。

「そうね……。火のないところに煙は立たないもの」

「まだ、尻尾は見えないですか……？」

「ええ、お父様も苦労されているわ」

宰相であるお父様は、この件について国王陛下と一緒に頭を悩まされているそうです。

わたくしの返事を聞き、セバスは眉間に皺を寄せました。

「それにしても、身寄りのない者や孤児が主なターゲットとなると……難しいですね」

「そうなのよ、訴える人が少ないということに加えて、立場的弱者でもある者達ばかりよ」

キキモワール侯爵の噂――それは、人身売買への関与。

ベネット王国で、人身売買は許されていません。他国ではまだ人身売買があると聞きます。しかし、ベネット王国で人身売買が発覚したら捕らえられ、法によって裁かれます。

それをしているという疑惑があるのが、現キキモワール侯爵。

そんな人の息子とわたくしを結婚などさせるわけがないよと、お父様はおっしゃっていらしたわ。

「とりあえず、悪い噂が絶えないあの侯爵家は絶対にありえませんわ。面倒くさいけれど、丁寧にお断りをしなくては……」

本当に時間の無駄ですわね……。わたくしがまたため息をつくと、セバスが思い出したように言います。

「ところで、シャーロット様。明日は国王陛下とスカーレット王太女殿下との謁見ですね」

「そうよ、久しぶりにレティお姉様にお会いできるから楽しみだわ！」

そう、明日は国王陛下とレティお姉様に、改めてわたくしがサンチェス公爵家の後継者になったことを挨拶しに行く日です。そのために明日は登城する予定を立てています。

「レティお姉様とはつもる話もあるけれど……ルークを長く待たせたくないから、なるべく早く帰ってこようと思っているわ」

「畏まりました」

セバスはニッコリ笑って言いましたが、哀愁を漂わせています。

それもそのはずです。先日わたくしがルークが寝ている隙に少しだけ出かけたあと帰宅したら、クールに完璧になんでもこなしてしまうセバスが、なかなか泣きやまないルークにたじたじしていたのです。

セバスはルークに懐いてもらえないことが、悲しいのでしょう……

「明日は大丈夫よ。きっと……」

とりあえず、そうセバスを励ましておきました……


次の日、わたくしはぐずるルークをなんとかあやしつけ、ぐっすり眠ったのを確認したあと、ジナに任せてお父様と一緒に登城するために馬車に乗り込みました。

「ルーク……いつになったら、私にも笑顔を見せてくれるのだろうか……」

お父様が盛大に落ち込んでいらっしゃいます。

「お父様、元気を出してください。もう少しですわ。ルークの泣き方がぎゃん泣きからホロホロ泣きに変わったではありませんか！」

「シャル……だけど私は、シャルがルークを抱っこしている時、それも離れたところからじゃないと、ルークの笑顔を見られないんだよ……」

「……」

なかなか人見知りが治らないルーク。お父様もお忙しいゆえにルークとの時間が取れずにいます。ルークもお父様に会える時間が少ないから、まだ慣れていないのです。

だけど、ほんの少しずつですがルークが慣れてきたのも本当のこと。泣き方の変化がその証拠です。

けれど、やはりお父様はそれでは納得していないようです……

「私が何より悔しいのが、ラルフリード殿下がルークを抱っこしても泣かなかったということだ！　私が抱っこしたらぎゃん泣きなのに……！」

「……」

何も言えませんわ！　お父様……

「うぅ……初孫に泣かれるのは辛い……」

「大丈夫ですわ！　もう少し成長すれば、ルークもお父様のことが大好きになりますわ！」

「……そう願うよ」

思ったよりもお父様のショックが大きいようですわ……

落ち込んでいらっしゃるお父様を励ましながら、わたくしは王宮に着きました。

着いてすぐに、国王陛下とレティお姉様のところへ案内されます。

謁見室で、お父様と一緒に決まった挨拶をしようとしたのですが……

「よいよい！　アレクとは毎日会っているし、シャルの顔が久しぶりに見られたから、それだけでよい！」

国王陛下は人懐っこくニカッと笑顔を見せながら、そうおっしゃいます。

「そうよ、ここには信頼できる者しかいないわ。堅苦しい挨拶(あいさつ)はなしよ」

レティお姉様もニッコリと笑っています。

「まあ、お二人がそうおっしゃるなら構わないか」

お父様もフランクな態度に変わりましたわ。

わたくしは一応簡単な挨拶(あいさつ)をしようと、カーテシーをしました。

「国王陛下、スカーレット王太女殿下、お久しぶりでございます」

「うむ！　久しぶりにシャルの顔を見られて嬉しいぞ！」

「シャル。久しぶりね！　シャルに会えるのを楽しみにしていたわ！」

「わたくしも楽しみにしておりましたわ！」

喜んでくれる国王陛下とレティお姉様に、自然と笑顔になります。

「しかし、シャルな……」

今までほんわかとした雰囲気でしたのに、いきなり国王陛下が険(けわ)しいお顔になります。

あら？　何か失礼をしてしまったのかしら……？

「国王陛下？　わたくし……」

「それ！　何故国王陛下などと他人行儀に呼ぶのだ！　昔のようにエドワードおじ様って呼んでほしいのに！」

「そうよ！　シャル！　わたくしのこともいつものようにレティお姉様って呼んでちょうだい！」

「……」

まさかの国王陛下の険しいお顔の理由がわたくしの呼び方だったとは……なんというか……

わたくしが苦笑している隣で、お父様はため息をついています。

「相変わらずだね。エドは」

「むぅ！　大切なことだぞ！」

そう、宰相であるお父様と国王陛下……もといエドワードおじ様は、同い年で親友なのです。だから、家族ぐるみで付き合いがございますの。

エドワードおじ様は昔からわたくしのことも、レティお姉様やラルフ様と同じように可愛がってくださいます。

それゆえ、わたくしの他人行儀な呼び方が気に入らなかったのでしょう。

……一応、ちゃんとした呼び方をしたのですが。

「エドワードおじ様、レティお姉様。本日はわたくしがサンチェス公爵家を継ぐというご報告のご挨拶でしたので、最初はちゃんとお呼びしようと思ったのですわ」

わたくしがそう言うと、エドワードおじ様とレティお姉様はパァッと表情を明るくしました。

「おお！　そうだったのか！　だが、いつもの呼び方でよいぞ」

「やはりシャルにはレティお姉様って呼ばれたほうが安心するわ」

「ふふふっ、わたくしもエドワードおじ様、レティお姉様と呼んだほうが安心いたしますわ」

久しぶりにお二人に会えてニコニコと笑顔になります。お父様も微笑みながら、口を開きました。

「さて、本日の本題だ。エド、我が一人娘のシャーロットが私の跡を継ぐことになったよ。次期サンチェス公爵はシャーロットだ。以後お見知りおきを……」

「改めまして、シャーロット・サンチェスでございます。このたび、次期サンチェス公爵を継ぐことになりました。まだまだ若輩者(じゃくはいもの)ですが、サンチェスの名に恥じぬよう精一杯努力していく所存でございます……」

わたくしとお父様が頭(こうべ)を垂れると、エドワードおじ様は優しく声をかけてくれます。

「うむ、しかと精進せよ。そして、スカーレットの治世に力を貸してくれ」

「シャル、一緒によき国にしていきましょう」

凛としたレティお姉様の言葉を、わたくしはもちろん受け入れます。

「はい、エドワードおじ様、レティお姉様」

エドワードおじ様はうんうんと頷いていらっしゃいます。

レティお姉様と目が合うとニッコリと微笑んでくださいました。

お父様のほうに視線をちらっと向けると、満足そうな笑みを浮かべていました。

大丈夫だとは思っていましたが、二人がわたくしを認めてくれたことにホッといたします。

「まあ、シャルが公爵家を継ぐことに何も心配はないがな！」

「そうね、シャルが次期公爵になると聞いた時は安心いたしましたもの」

ワハハハハ、オホホホホとエドワードおじ様とレティお姉様は笑っていらっしゃいます。

どうやら、お二人はスティーブが公爵を継ぐことを心配していたのですね……

「さて、もっとシャルと話がしたいが、執務が立て込んでいてね。もう戻らなくては……」

「わたくしもしなくてはならない執務があるの……。本当はシャルとゆっくりお茶を飲みながら詳しくお話を聞きたかったのに……」

エドワードおじ様とレティお姉様は残念そうなお顔になります。お父様もわたくしにおっしゃいます。

「シャル、私もエドと一緒に仕事をしなくてはならない。このままエドと行くよ」

「わかりましたわ。エドワードおじ様、レティお姉様、お父様。お仕事頑張ってください。本日はお忙しい中お時間をいただきありがとうございました」

わたくしは皆様に一礼いたしました。

お父様達は、何やら最近お忙しそうなのです。まだ、わたくしはお父様達が何をしているのかは知らされていないのですが、きっと上層部が動いているのでしょう。

「次に会う時はシャルの可愛い子も連れてくるがよい！　早(はよ)う会いたいぞ！」

「そうね！　今度はルーカスにも会いたいわ」

キラキラと目を輝かせるエドワードおじ様とレティお姉様。

けれど、お父様は意地悪くニヤッと笑っておっしゃいます。

「そう簡単に会わせることはできないかもね」

「何故じゃ！　早(はよ)う会わせろ！　狡(ずる)いではないか！」

「そうよ！　ラルフだけがルーカスと会っているのに！　アレクおじ様、意地悪しないでくださいまし！」

エドワードおじ様とレティお姉様はお父様に抗議しています。

「お父様もルークとの時間がなかなか取れないからって、お二人に意地悪するなんて。

「お父様、その言い方だと意地悪ですわ。ルークは今は人見知りが激しくて、わたくしとジナ以外が近づくと泣いてしまうのです。ですが、何故かラルフ様だけは平気で……」

「そうか……。それなら仕方がないか……。泣かせたら可哀想だしな……」

「それにしてもラルフには泣かなかったとはね～。ふーん……」

残念がるエドワードおじ様の隣で、何やらレティお姉様がニヤニヤしていらっしゃいます。なんでしょうか……？

それからレティお姉様が考え込んでいたのが気になりましたが、無事ご挨拶を終え、お父様達はお仕事へ行きましたわ。

わたくしは帰路につこうと馬車に向かいます。

しかし、前方から見えてくる人影に、嫌な予感がいたします……

遠回りをして回避しようかと思い始めた途端に、気づかれてしまいましたわ。

今日は厄日なのかしら？

「シャーロット様！　お会いできて嬉しいです～」

「これはこれはシャーロット様、こんなところでお会いできるなんて……わしらは運がいいな、なぁ、ロレンツォよ」

「はい！　父上！」

わたくしはすかさず、貴族の面を被りましたわ。

あれだけ昨日この親子は嫌だと思っていたのに、まさか会ってしまうなんて……

――キキモワール侯爵親子に……

最悪です！　なんてことでしょう！　なんで今日に限って……と心の中では騒いでしまいますが、そんな感情は表へは出さずにニッコリ作り笑いをします。

「ごきげんよう……キキモワール侯爵様、ロレンツォ様……」

「ああ、シャーロット様だ……」

うっ、そのとろんした笑顔でわたくしのことを見るのはやめてほしいですわ、ロレンツォ様。

それに、キキモワール侯爵も笑顔なのに視線がギラギラしていて、気持ち悪いです……

わたくしがそう考えていると、キキモワール侯爵が不愉快な笑みのままわたくしに尋ねます。

「シャーロット様は何用で王宮に？」

「少し用がございまして、登城いたしましたの……」

この親子に詳しく教えるはずありませんわ！

わたくしがそう思いながら答えると、キキモワール侯爵は同情するような表情になりました。

「そうですか、そうですか！　しかし、シャーロット様も大変でしたな……」

「あら？　どういうことでしょうか？　わたくしにはさっぱり見当がつきませんわ」

あたかも心当たりがないように装います。

きっとスティーブとの離縁のことを言っているのでしょうが。

「いやいや、強がらなくても大丈夫ですぞ！　シャーロット様、あの男とは違い、ここにいるわしの息子ロレンツォはシャーロット様にピッタリだと思いますぞ」

「シャーロット様……」

どこがピッタリですって⁉　やめてほしいですわ！　鳥肌が止まりません！

思わず引き攣りそうになる笑顔を、なんとか保ちますわ。

「強がっておりませんわ。わたくしには愛する我が子もおりますし、充分幸せですもの」

わたくしは暗に再婚はしないとキキモワール侯爵に答えます。

すると、キキモワール侯爵が驚くべきことを言いましたわ。

「ああ、可哀想に……。シャーロット様もその子がいなければ柵もなかったのに」

……なんですって？

眉間に皺が寄りそうになるのをぐっとこらえていると、ロレンツォ様が恍惚としたように話し始めます。

「ああ、お可哀想なシャーロット様。大丈夫、僕がシャーロット様を幸せにするよ。僕はシャーロット様一筋だからね。そうだ！　邪魔なアイツとの子は使用人として育てよう！　それともどこか遠いところへ捨ててくる？　邪魔だしね！　ああ、僕達の子供ができ……」

わたくしはロレンツォ様の話を遮ります。

「耳障りですわ。その口を閉じてくださいまし……！」

わたくしは先程までの作り笑いすら忘れてしまいました。

きっと表情が抜け落ちて、真顔になっていることでしょう。

可哀想？　わたくしが？

子がいることが柵になっている？

わたくしの愛するルークを使用人として育てる？

ルークを遠いところへ捨てる？

そんなことを言うなんて、絶対に許しませんわ……

この親子はわたくしの敵です。愛する我が子のルークをそういう風に言うなんて……

沸々と怒りが湧き上がってきます。

「わたくしの愛する我が子に、なんたる侮辱！　わたくしにとっては柵ではなく、力の源です。それに、何様なのかしら？　わたくしはさんざん縁談をお断りしております。それなのに、わたくしの子を使用人として育てる？　邪魔だから遠いところへ捨てる？　どうしてそんなことをおっしゃれるのかしら？」

わたくしはお父様と同じような冷たい表情と視線で淡々と言いましたわ。

すると、ロレンツォ様は気持ちの悪い笑みを消して、顔を青褪めさせました。

「シャ、シャーロット様……」

「もう結構ですわ。わたくしは失礼いたします」

「いやいや、困るのはシャーロット様だと思うんですがな～」

この人達と話すのは無駄だと思った瞬間に、キキモワール侯爵がそう言ってきます。

わたくしは構わず去ろうとしますが、キキモワール侯爵はなおも話し続けました。

「一体、他に誰が子持ちの女なんかと結婚するんです？　ロレンツォが結婚してやると言っているのに……これだから気位が高い女は……」

「っ‼　離しなさい！」

キキモワール侯爵はいきなりわたくしの手首をガシリと掴んできます。

「女ひとりで何ができるというんだ？　女は男よりも劣る。女は男の陰にひっそりといればいい！　男の言う通りにしていればよいものを……！」

掴まれた手首が痛いです……。振り払おうとしても、力が強く振り払えない……

わたくしは睨みつけますが、キキモワール侯爵は飄々としています。

「ほら、女では男に勝てない。その証拠に振り払えないだろう？　お前はロレンツォが公爵になるための道具になれ」

「嫌ですわ。あなた達とはこれで会うこともありません。これが最後です……！」

「ふんっ！　生意気な……。まあ、よい。ロレンツォ」

「はい、父上。シャーロット様、行こう」

すると、ロレンツォ様はわたくしの腰を抱き寄せて、どこかへ連れて行こうとします。

「離しなさい！」

「うるさい女だ。ただ、我が家へご招待するだけなのに……。最近の女は調子に乗っているな～。

あの忌々しい制度ができてからだ！　だからわしは反対だったのだ！　スカーレット殿下が王太女になってから尚更だ！　女が玉座に座るなど……」

男女問わず第一子を家の跡取りにすること。

この制度を決定する際に最後まで反対していたのは、キキモワール侯爵家を始めとした派閥だとお父様から聞いておりますわ。

怒りがこもったのか、わたくしの手首を掴んでいるキキモワール侯爵の手にさらに力が入ります。

「痛い！」

「ふっ、これはわしに、男に楯突いた罰よな」

……気持ち悪い。本当気持ち悪い親子です。

それにしても、こんなに騒いでいるのに王宮の衛兵は何をしているのでしょう？　誰か来てもおかしくないのに！

「さあ、来い！」

「行こう、シャーロット様」

「嫌よ！」

誰か……

「何をしているのかな？　キキモワール侯爵」

「っ！　ラルフリード殿下！」

聞こえてきたのは、ラルフ様のお声でした。振り返るとラルフ様の険しいお顔が目に入ります。

ラルフ様はキキモワール侯爵達に低く冷たい声で問いかけます。

「さぁ、何をしているのか答えてもらおうか？　僕には、嫌がる女性を無理やり連れて行こうとしているようにしか見えないのだが？」

「いえ、あの、その……」

「なんだ、答えられないのか？」

しどろもどろになるキキモワール侯爵。ラルフ様はさらに威圧します。

「それに、いい加減シャーロット嬢から手を離したらどうかな？」

「っ!!」

苦々しい表情をしたキキモワール侯爵はやっとわたくしの手首を離してくださいましたわ。

掴まれていた手首は解放されてもなお、ジンジンと痛みます。どれほど強い力で掴んでいたのでしょう！

「君にも言ってるんだけどな～。ねぇ、早く離しなよ」

ラルフ様は怒り(いか)のこもった笑みでロレンツォ様に告げます。けれど、何故かロレンツォ様は当然だというかのように言い返しました。

「シャーロット様は僕のものだ！　何故離さなくては……」

「いいから、僕の大切な人から手を離しなよ。不愉快(ふゆかい)だ……！」

「!?」

今、ラルフ様はわたくしのことを大切な人とおっしゃいましたか？

……いえ、別に深い意味じゃないでしょう。

わたくしも一瞬ドキッとしましたが、ロレンツォ様のほうは別の意味でドキドキしていることでしょう。何せ、ラルフ様の威圧をまっすぐ受けていますから。

ロレンツォ様は冷や汗を流しながら、わたくしからやっと離れてくれましたわ。

キキモワール侯爵とロレンツォ様がわたくしから距離を置くと、ラルフ様が側へと来てくださいます。

「シャル、大丈夫かい？」

「ええ、ラルフ様のお陰で……」

ラルフ様はわたくしのことを気遣ってくださいます。そして、キキモワール侯爵達に言い放ちました。

「この件はしっかりと陛下と宰相へ伝えておく」

「ラルフリード殿下、それは……」

目を泳がせているキキモワール侯爵に、ラルフ様は続けておっしゃいます。

「シャーロット嬢は次期公爵として、陛下への挨拶を済ませている。次期公爵への無礼な態度、それに我が姉に対しての侮辱もしかと聞いたぞ？　王族がいるこの王宮で姉上を侮辱するとは……。追って陛下から処分が下るだろう」

「そんな……」

「連れて行け！」

「はっ！」

絶望した表情のキキモワール侯爵達は、ラルフ様の命令を受けた騎士達に連れて行かれます。

ただ、キキモワール侯爵は最後にわたくしのことをキッと睨みつけました。

キキモワール侯爵親子の姿が見えなくなったあと、ラルフ様はいつものようにわたくしのことを呼びます。

「シャル、遅くなってごめん……」

「いいえ、ラルフ様が来てくださらなかったら、わたくし……」

あの親子に連れて行かれていたかもしれない……。そう思うと小さく震えてきます。

けれど、心配はかけたくありません。

「ありがとうございます。ラルフ様」

けれど、ラルフ様の心配そうなお顔は変わりません。だから、さらにラルフ様に笑って見せます。

「大丈夫ですわ、ああいったことは貴族の女性ならあることですもの！　わたくしが上手くかわせなかったのがいけないのですわ」

「シャル……」

「だから、大丈夫ですわ」

わたくしがそう言うと、ラルフ様は少し困った表情をしつつも笑ってくれました。

「なら、シャル。このあと少し時間はある？　今、王宮の庭は綺麗な花が咲いているから、一緒に見に行かないかい？」

ラルフ様の急なお誘いに少し驚きつつも、綺麗な花という言葉に反応してしまいます。

「あら、そうなのですの？」

「ああ、とっても綺麗だからシャルにも見せたいなって思って！」

なかなか王宮のお庭にも来られないですし、何よりお花を見たら今の気分も落ち着くかもしれません。

そう思い、ラルフ様のお誘いに応えます。

「じゃあ、少しだけ……」

「よかった！　それじゃあ、行こうか」

ラルフ様がそっと手を差し出してくれました。その手に、わたくしの手をのせます。

ラルフ様はわたくしの手を優しく握り、エスコートしてくださいます。

隣に並ぶラルフ様のお顔に視線を向けると、ラルフ様もこちらを見ていました。

視線が交わり、ラルフ様はニコッと笑ってくださいます。その笑みにわたくしは心臓を掴まれたようにドキッとしてしまいました。

スティーブと婚約をして以来、ラルフ様にエスコートをしてもらうのは今日が初めてです。

だから、こんなに胸が高鳴っているのでしょうか……

自分の胸の音を聞きながらラルフ様にエスコートされ、わたくしは歩いていきます。

王宮のお庭へ近づくにつれ、薔薇の香りが漂ってきました。

そして、目に入ったのは、咲き誇るたくさんの綺麗な薔薇。

「……綺麗」

「よかった、シャルに見せられて」

自然と笑顔になり、気持ちも落ち着きます。

一度大きく深呼吸すると、薔薇（ばら）の香りに包まれたようで、とても心地よいです。

わたくしとラルフ様は、お庭を見渡せるベンチに並んで座りました。

少し離れたところには、護衛の姿も見えますね。

すると、ラルフ様はエスコートするために繋いでいた手を持ち上げ、おっしゃいます。

「シャル、手首見せて」

「あっ……」

ラルフ様はわたくしの手首を見ました。

わたくしもちゃんと見ていなかったのですが、やはり赤くなっています……

「……」

「あの、ラルフ様？」

何故か、ラルフ様のほうが痛そうなお顔でおっしゃいますわ。

「赤くなってる……。痛む？」

「少し……」

そう言われると、だんだん痛くなってきます。ラルフ様は沈痛にお顔を歪（ゆが）めました。

「冷やしたほうがいいな……」

「ええ、帰ったらちゃんと冷やしますわ」

「そう……」

ラルフ様は未だにわたくしの赤くなっている手首を見ていらっしゃいます。

「こんなになるまで強く掴んでいたなんて……許せないな」

「ラルフ様？」

ラルフ様がぼそっと言いましたが、わたくしにはきちんと聞き取れませんでした。

どうしたのか尋ねてみましたが、ラルフ様は首を横に振ります。

「いや、なんでもないよ。それよりも早く治るようにおまじないをしなきゃね」

「おまじない？」

「そう、おまじない。あれ？　シャルは忘れちゃったのかな？　幼い時よくこうして……」

ラルフ様はわたくしの手に自分のお顔を近づけていきます。

そして、ラルフ様はわたくしの手首の赤くなったところの近くにキスをしました。

「!?」

その様子をただただ見ているだけだったわたくしは、驚きに言葉も出ませんわ。

「怪我(けが)をしたところの近くに、早く治るようにとキスをするおまじないをしていたじゃないか。僕もシャルにしてもらったことがあるよ？」

「あ、あれは幼い時ではありませんか！　今はもう……」

思い出しました。幼い頃、怪我(けが)をした時に、早く治りますようにとお母様がしてくださったおまじない。

それを真似して、一緒に遊んでいたラルフ様にそのおまじないをしたことがありましたわ。

それ以来、お互いにそのおまじないをよくしたものです。

だけど、大人になっていくにつれて忘れてしまっていましたわ。

きっと今、わたくしの頬は真っ赤になっていることでしょう……。恥ずかしいですわ……

「このおまじないをした時は、心なしか治りが早いような気がするからね」

ラルフ様はご機嫌に笑っていらっしゃいます。こっちはとても恥ずかしいです……

それに、綺麗な薔薇(ばら)を見て香りを嗅いで、すっかりドキドキもおさまったというのに、また胸が高鳴ってきました。

わたくしはラルフ様から目を逸(そ)らし、薔薇(ばら)を眺めます。

「もう、ラルフ様。わたくし達は大人ですのよ。無闇にこんなことをなされては、勘違いをする女性もいますわ？　こういうことはラルフ様にとって特別な女性にだけしたほうがよろしくてよ」

本当に、誤解されたらラルフ様が可哀想です。いくら幼い頃からわたくしと仲が良くても、周りから勘違いされてしまったら、貴族達に何を言われるか……

「……こんなことするのは、シャルだけだよ」

その言葉に驚き、わたくしはラルフ様へと視線を戻しました。

ラルフ様は真剣なお顔をわたくしに向けています。

「僕の大切な人だからね」

真剣なお顔は一瞬だけのこと。

わたくしと視線が合うと、ラルフ様はニッコリ笑って、その表情を隠してしまいました。

わたくしが何か言う前に、ラルフ様は立ち上がります。

「さぁ、そろそろ戻ろうか？　シャルはもう帰る？」

「あっ……はい……。ルークがわたくしの帰りを待っていますので……」

「それなら、引き留めて悪かったかな……？」

「いいえ、ラルフ様とのお時間はとても居心地がよかったですわ。それに元気が出ましたもの！」

キキモワール侯爵達のせいで、落ち込んだ気持ちと恐怖がありましたけれど、ラルフ様が側にいてくれるだけで安心し、元気が出ました。

それを伝えると、ラルフ様は表情を明るくしてくださいます。

「そう、それならよかったよ！」

「ええ、ありがとうございます」

二人で笑い合ったあと、ラルフ様がおっしゃいます。

「それじゃあ、シャル。馬車までエスコートするよ」

「あら、よろしいの？」

ニッコリ笑うラルフ様の手に、わたくしはまた自分の手を重ねましたわ。

今度は誰かに会うこともなく無事に馬車へと着き、ルークが待つ公爵邸へと帰ることができました。

第六章

キキモワール侯爵親子の件から、数日が経ちましたわ。

あの時赤く腫(は)れてしまった手首はすっかりよくなりました。

ラルフ様にしていただいたおまじないが効いたのかは、よくわかりませんが……

わたくしは、自分の執務室におります。ルークは今はお昼寝の時間で、いい子に寝ていることでしょう。その間にわたくしは公爵家の仕事をします。

一旦手を止め、近くにいるセバスに話しかけました。

「セバス、今日はラルフ様がいらっしゃる日よね？　そろそろかしら？」

「そうですね、もう少しでいらっしゃる時間ですね」

そう、本日はラルフ様が我が家に来る予定なのですわ。

この前のキキモワール侯爵親子に関しての処罰について教えてくださるそうです。

本当はお父様にお聞きしようかと思っていたのですが、まだ忙しいようで帰ってきてもゆっくりお話しする暇もありませんの……

わたくしも寂しいですけれど、お父様のほうが寂しそうなので何も言えませんでしたわ。早く一段落するといいのですけど……こんなにお忙しいなんて、何があったのでしょうか？

さて、そろそろ仕事は終わりにして、ラルフ様を迎える準備でもしようかしらと考えた時、ふと思い出します。

「セバス、新しい子達は上手(うま)くやっているかしら？」

「ええ、よく働いてくれていますよ、シャーロット様。姉のタリアも弟のダリルも、慣れないながら一生懸命に学んでいます」

タリアとダリルは、最近この公爵邸で働き始めた双子の姉弟(きょうだい)です。

二人の両親は、この公爵邸で昔働いていました。だから、幼い頃に二人ともお庭でよく遊んだものですわ。

しかし、ダリル達が休暇で行った家族旅行で、両親は運悪く馬車の事故に巻き込まれ亡くなってしまいました。タリアとダリル、そして赤ん坊だった妹は助かったそうです。

それからタリアとダリルは、彼らの叔母の家族に引き取られたと聞いていたのですが、何故か二人は孤児院にいました。

そんな二人をわたくしが孤児院の視察に行った際に目を留め、少しはお給金がいい我がサンチェス公爵家で働かないかとお誘いをしましたの。もちろん、お父様の許可もいただいてからですわ！

二人は、こちらこそよろしくお願いしますと言ってくれましたわ。

ひとつだけ気になったのは、あの時赤ん坊だった二人の妹が、孤児院にはいなかったことです。

どこにいるのか二人に聞いたら、タリアは悲しそうに言いました。

『遠いところに……なかなか会えないところにいます……』

もしかしてと、セバスに調べてもらったのですが、亡くなっているわけではなさそうなのです。

あの言葉は、どういう意味なのだろうという疑問はありますが、無理矢理聞き出すのはよくありません。わたくしは話してもらえるまで待とうと思っています。

姉のタリアはメイド見習いとして、弟のダリルは庭師見習いとして我が家で働いてもらっています。

今のところ困ったことがないなら、よかったです。

わたくしはセバスの報告に頷きました。

「もし、何かあったら教えてちょうだいね」

「畏まりました」

セバスとそんな話をしていたら、突然部屋の外で何やら騒いでいるような音がします。

「外が騒がしいわね……。一体何があったのかしら？」

「確認してまいります」

セバスが一礼して執務室から出て行こうとした瞬間、焦ったようにドアを叩く音が聞こえました。

「どうぞ、お入りになって」

「失礼いたしますっ！」

慌てて入ってきたのは、ひとりの使用人。セバスが使用人に問いかけます。

「そんなに慌てて何があった？」

「申し訳ありませんっ！　ですが、ルーカス様が……」

「ルークに何があったの⁉」

まさか、ルークの名が出てくるとは思いませんでした。わたくしの心拍数が上がります。

使用人がひどく焦燥しているようなので、不安が大きくなるばかりです。

そんな使用人は冷や汗を額に浮かべながらわたくしに言います。

「ルーカス様はご無事ですが、攫おうとした者がおりました」

「なんですって‼　とりあえず、ルークは無事なのね？」

「はい、今は驚いて泣いておられますゆえ、シャーロット様へ急ぎお伝えに参った次第です」

ルークが無事なことがわかり、安心しました。泣いているのであれば、早くルークのところへ行かなくては……。けれど、その前に……

「一体誰がルークを攫おうとしたの？　公爵邸の者達は素性を調査して、怪しいところがない者達ばかりなのに……」

我が家の使用人はお父様や、セバス、わたくしも見て厳選した者ばかりです。一体誰が……？

「攫おうとした者の名は？」

ルークが攫われそうになったということ、それに使用人の中に裏切り者がいるということで、セバスも頭にきているようです。

険しい顔で聞くセバスに、使用人は俯きながら答えました。

「……タリアです」

「タリアですって？　……間違いないの？」

タリアがどうしてルークを？　動揺するわたくしに、セバスは冷静に言います。

「とりあえず、ルーカス様のところへ行きましょう。シャーロット様」

「ええ、そうね」

わたくし達はルークのお昼寝をしていた部屋へと向かいました。

近づくにつれ、ルークの泣き声が大きくなります。

「あああああー！　んぎゃぁあーあああっ！」

「ルーカス様、大丈夫ですよ、大丈夫ですよ」

「あぎゃぁあああっ！　ヒッ、あああああー！」

「ごめんなさい、ごめんなさい、ごめんなさい！」

聞こえてくるのはルークの泣き声、ジナのあやす声、タリアの謝る声。

わたくしが部屋の前に着くと、集まっていた使用人達が道を開けます。

部屋の中へ入ると、ジナがルークを守るように抱いていました。

ルークはしがみつくようにジナの服を掴んでいます。

そして、タリアは我が家の騎士に捕らえられていました。

「シャーロット様！」

わたくしに気づいてホッとしたようなジナへ近づき、泣き続けるルークに声をかけます。

「ルーク、お母様よ」

ルークはわたくしの声に反応するように、こちらに顔を向けます。そして泣きすぎて顔を真っ赤にしながらも、ジナにしがみついていた手を離し、わたくしへと伸ばしました。

ジナからルークを受け取り、ルークを抱っこします。ルークは抱っこされると今度はわたくしにしがみつきました。

「大丈夫、大丈夫よ、ルーク。お母様が来たからもう安心よ」

わたくしはルークを安心させるようにポンポンッと優しく背中を叩いてあやします。

ルークは次第に落ち着いていきました。

「そう、もう大丈夫だからね……。いい子ね、ルーク」

「ヒック……ヒッ」

たくさん泣いたからか、ルークはぼーっとしています。一応、あとでお医者様に診(み)てもらいましょう。

ルークが落ち着きを取り戻したのを確認したあと、わたくしは捕らえられているタリアに視線を向けました。

「ルークを攫(さら)おうとしたの？」

「……」

先程まで繰り返し謝罪をしていたのに、問いかけた途端にタリアは何も言わなくなりました。

「どうして黙っているの？　本当にルークを攫(さら)おうとしたの？」

「……」

なおも黙っているタリア。これでは埒(らち)が明かないですわ。

「ジナ、説明して」

「畏まりました。シャーロット様……」

ジナは沈痛な面持ちで話し始めました。

ジナは、いつものようにお昼寝をするルークを見守っていたそうです。

すると、ルークがもぞもぞし始めたので、そろそろ起きそうだと感じました。

そこで、わたくしがいなくてもルークがぐずらないよう、ジナは玩具を用意するために隣の部屋へ行きました。

その短い間に事は起こったようです。

ジナはルークの凄まじい泣き声に驚き、すぐさま部屋に戻ってみると、ルークを袋のようなものに入れようとしていたタリアを見つけ、助けを求めました。

そして、駆けつけた騎士によってタリアは捕らえられ、ルークはジナに保護されたということだそうです。

「シャーロット様、申し訳ありません。私が目を離したばかりに……」

「いいえ、一瞬のことですもの。どうしようもないわ」

謝るジナを慰めると、わたくしは厳しい顔で改めてタリアに問いかけます。

「今のジナの説明に、何か間違いはあるかしら？」

「……」

しかし、やはりタリアはだんまりです。すると、セバスが冷たい声と表情で、強く言います。

「黙っていないで答えなさい」

「っ!!」

タリアはセバスの問いかけに、ブルブルと震え出しました。

それでもタリアはなかなか口を開こうとしません。

これは長期戦になるかもしれないと思い始めた時、バタバタと駆けてくる音が聞こえ、ダリルがやってきました。

「姉さん!!」

「ダリル!!」

捕らえられているタリアの姿を見て、ダリルは顔を青くします。

すると、ダリルはその場で土下座をしました。頭を床にこすりつけるほどに。

「シャーロット様！　申し訳ありません!!」

「ダリルは一体何に謝っているのかしら？　ルークを攫(さら)おうとしたのはあなた達二人なの？」

突然のダリルの謝罪に驚きながら、わたくしは問いかけます。

わたくしは知らず知らずのうちに、タリアとダリルに恨(うら)まれるようなことをしたのでしょうか？

わたくしの一番大切な存在に手を出されるほどに……

ショックですが、わたくしのルークに手を出したことは許しません。その思いが声にも宿ります。

「答えてちょうだい」

冷たい声が出ました。それに怯(おび)えるタリアとダリル。

タリアはもう我慢できないとばかりに泣きながら謝り続けます。

「申し訳ありません！　グスッ、申し訳ありません！」

タリアとは対象的に、ダリルは冷静になったようで話し始めました。

「シャーロット様、正直に全てお話しいたします。ですから、どうか、どうか！　私達の妹を助けてください!!」

「……？　それはどういう……」

妹というのは、今は行方がわからないあの時の赤ん坊のことでしょうか？

首を傾げているわたくしに、タリアとダリルはぽつりぽつりと話し始めました。

両親が亡くなったあと、タリアとダリルと妹は叔母に引き取られましたが、生活が苦しくなり孤児院に預けられたそうです。しかし、その孤児院が最悪でした。

孤児院の院長は、言うことを聞かない子供には容赦なく虐待をしていたといいます。

それに、孤児院の子供がいなくなることも頻繁にあったそうです。

院長はその子達には里親が見つかったと言っていたようですが、タリアとダリルはたまたま目撃してしまったそうです。貴族と院長が子供を売って、お金をもらうところを……

だからいつ自分達が同じ目に遭うかと怯え、体の弱い妹は自分達がいなくなったらどうやって生きていくのかと、漠然とした大きな不安にのみこまれそうだったようです。

そんな時に、さらなる地獄がやってきてしまいました。

他国の里親が望んでいるからと、院長が無理やり妹を連れて行こうとしたというのです。

タリアとダリルは必死に妹を守ろうとしたけれど、結局連れて行かれてしまいました。

しばらくすると、とあるひとりの貴族が来て、言ったそうです……

『妹を返してほしければ、わしの言う通りに行動しろ』

それから、タリアとダリルは貴族についてくるように言われ、孤児院の地下へと連れて行かれました。地下は鉄格子(てつごうし)のついた部屋ばかりで、牢屋(ろうや)と変わりなかったそうです。

気味が悪い部屋のひとつに、妹がいました。

二人は思いました、妹は人質なのだと……

貴族はニタニタ笑いながら言いました。

『サンチェス公爵家へ潜入しろ。お前達なら簡単だろう？　なに、潜入するだけでいい。ただ働いて気づいたことをわしに報告すればいいだけさ。それで妹が助かるんだ、安いものだろう？』

どうやら、その貴族は二人の両親がサンチェス公爵家で働いていたことを知った上で、声をかけたようです。

なかなか答えないタリアとダリルを脅(おど)すように、貴族は続けました。

『今度、サンチェス公爵家がこの孤児院にも視察に来る。その時に見つけてもらえるようにアピールするのだ。もし、引き受けなかったらこの娘は他国へ売るからな』

その言葉に、タリアとダリルは頷くしかなかったようです……

そして、わたくしが孤児院の視察に行った際に、偶然を装って見つかるようにして、公爵家に雇(やと)ってもらったと……

ダリルの話だと、その貴族がルークを攫えと指示したに違いありません。しかし……

「ダリル、今の話だと、ルークを攫えとは言われてないようだけれど？」

「それはつい二日ほど前に……」

二日前……。そういえば、二人が休みをとっていました。

二人はその二日前に孤児院へ向かい、その貴族に公爵家についての報告をしようとしたらしいです。

しかし、待ち受けていたのは怒りをたぎらせた貴族でした。

『許さん!! あの忌々しい女め!! あの女のせいでわしは爵位を落とした!!』

そんな貴族に怯えながら、二人はさっさと報告して帰ろうと思っていたそうですが、さらに新しい命令をされたそうです。

『シャーロットの息子を攫ってこい！ あの女が一番大切にしている子を攫えば、少しは復讐できるだろう！』

そんなことはできないと一度は断ったようですが……

『お前達の妹がどうなってもいいのか!? エロジジイのところへ売るぞ！ もし、シャーロットの子を攫ってこられたら、妹を解放してやる！』

その言葉に、タリアとダリルは妹のほうをとってしまったというのです。

まあ、他人より自分の身内を選ぶのは当たり前ですわね……

「それで、ルークを攫って妹と交換しようとしたのね」

「はい、申し訳ありません！」

再び、ダリルは頭を床につけて謝ります。

さて、これからどうしましょうか……？　ひとつ気になるのは、わたくしがその貴族に恨みを買ったようだということ。だから、一番大切な存在であるルークを攫おうとした……

一体誰が……？　と思うところですが、ひとりだけ思い当たる人物がいますわね。

だいたい予想がついたので、ため息をつきながらわたくしはダリルに尋ねます。

「もうひとつ答えてくれる？　あなた達へ命令したのは誰？」

「……キキモワール侯爵様です」

……やっぱり。そうだと思いましたわ。あの王宮での出来事を逆恨みしたのでしょう。

自業自得ですのに、彼はわたくしに怒りの矛先を向けたみたいです。

……まったく、器の小さい男ですわ。人してクズですね。どうしようもないクズです。

自業自得なのに人のせいにしないと気が済まない、わたくしには理解できない人。

……割と最近、似たような人がいましたわね……

はぁ……今年は厄介な人によく絡まれます。

標的にするのがわたくしだけならまだよかったですが、ルークに手を出すなんて……

沸々と怒りが湧き上がります。

キキモワール侯爵がそこまで破滅したがっているとは思いませんでしたわ。

それなら、破滅までの時間を早めてあげましょう。

わたくしを怒らせたこと後悔しなさい。あなたの見下している女にやられるのですわよ……

わたくしひとりではできることが限られるので、協力者が必要ですが……タイミングよく今日はラルフ様がいらっしゃる日です。

ふふっ、なんてわたくしは運がいいのでしょうか。さっそく動き出すのに相談ですね。

とりあえず、ダリルとタリアには監視をつけ、わたくしはルークを抱っこしたまま自室へと向かいます。

さて、ラルフ様が訪れるのを待ちましょう。


しばらくして、予定通りにラルフ様はいらっしゃいましたわ。

わたくしはルークを抱っこしながらお出迎えに行きます。

「やあ、シャル。元気かい？　それに手首はどう？　よくなった？」

来て早々、ラルフ様はわたくしのことを心配してか質問攻めしました。

「ふふっ。ラルフ様、ようこそお越しくださいました。わたくしは元気ですし、手首もすっかりよくなりましてよ」

ラルフ様は安心したように優しく微笑んでくれます。

「それはよかった。おっ！　ルークもこんにちは」

ラルフ様はわたくしに抱っこされているルークにも笑顔で挨拶(あいさつ)をしてくださいました。

ルークは先程の事件から、わたくしが少しでも離れようとすると泣き始めてしまいます。そのため、わたくしはずっとルークを抱っこしたままです。

普通は失礼にあたってしまいますが……きっとラルフ様ならルークを抱っこしていたとしても喜んでくれる。そう思っていましたが、その予想は当たりましたわ！

ルークもラルフ様には大人しいとはいえ、先程のこともあるので不安でした。けれど、やはりラルフ様には近づかれても大丈夫なようです。むしろ、ニコニコと笑顔を見せています。

やっぱり、ルークにとってラルフ様は特別なのでしょうか？

「やっぱり、ルークはいい子だな～。可愛い」

「ふふっ、よかったわね～。ルーク、ラルフ様に褒められたわよ～」

「うー♪」

ラルフ様がいらっしゃってご機嫌になったルーク。ラルフ様もニコニコと笑うルークにメロメロです。

そんな二人の様子にわたくしも癒されながら、ラルフ様に言います。

「さあ、立ち話もなんですし、お部屋へまいりましょう」

「そうだね」

わたくしはラルフ様と応接室へと移動しました。

まず、ラルフ様が本題から話してくれましたわ。

ラルフ様によると、二日前にキキモワール侯爵の処罰が決まり、通達されたそうです。

キキモワール侯爵の罪状は、王宮での宰相の娘であるわたくしへの侮辱、暴行に加え、レティお姉様への不敬な発言。

それを踏まえ、爵位をひとつ落として伯爵位とし、キキモワール侯爵本人は引退して長男へ爵位を引き継がされ、領地から出ることを禁じられたとのこと。

ロレンツォ様のほうは罰が軽く、三ヶ月の謹慎だそうです。

「父上はもう少し爵位を落としたかったみたいだけど、なかなか難しかったようだよ」

「そうですの……」

ラルフ様のお話を聞いて確信いたしましたわ。

何故、元キキモワール侯爵が二日前にダリル達にルークを攫えと命令したのか……

二日前に処罰が通達されたのですね。そして命令も二日前。

処罰を受けたためのわたくしへの逆恨みだということが、明確になりましたわ。

それにしても、元キキモワール侯爵……伯爵位は残っているようですが、もう貴族と認めるのも嫌ですわね。

元キキモワール侯爵であるザカリーが犯人だと確信したものの、証拠はありません。

ダリルとタリアとのやりとりは、書面では残っておりませんし……それなら……

「ラルフ様、わたくし、ご相談がございますの……」

「うん？　なんだい、シャル？」

「実は……」

わたくしはラルフ様に先程あったことを話します。

ルークが攫われそうになったこと。攫おうとした二人はザカリーに妹を人質にとられ、命令に従ったということ。処罰が決定した二日前にその命令が出たこと。限りなく黒に近いザカリー。だけど証拠がないこと。

全てを話しましたわ。

「やっぱり、もっと重い処罰にすればよかったのにね」

ラルフ様はわたくしの話を聞き終わったあと、黒い笑みでそうおっしゃいます。

「わたくしも到底許せませんわ。わたくしの一番大切な存在であるルークに手を出そうとしたなんて……」

「本当だな……。こんなに可愛いルークに手を出そうだなんて……よっぽど破滅を望むらしいな」

あら、ラルフ様もわたくしと同じことを考えていますのね。

なら、わたくしの仕返しに乗ってくださるかしら？

「それでですね、ラルフ様。わたくし、ザカリーには早めに破滅してほしいのですわ。ですから、現行犯で捕まえたいのですが、どうでしょうか？」

「現行犯？　……まさか、シャル！」

ラルフ様はハッとした表情を見せます。

「ええ、ザカリーはまたルークを狙ってくるでしょうから、そこを捕まえるのです。ですが、ルークを囮にはしませんわ。ルークの身代わりは人形でもよろしいでしょう。わたくしは、こう考えるのです……」

ラルフ様にわたくしが考えた作戦を伝えます。

まずタリアとダリルに、ルークを攫ったとザカリーへコンタクトをとってもらいます。

そして、二人にはルークを攫おうとした際にわたくしに気づかれたことにしてもらって、不意打ちにわたくしを殴って気絶させて、ルークと共に攫ってきたと言ってもらいます。

きっとザカリーはわたくしを逆恨みしているのだから、絶対にわたくしの前に現れるので、そこを捕まえる……という作戦です。

そして、ザカリーを現行犯にするためには、ラルフ様の協力が必要なのです。

ラルフ様は王宮の騎士を連れて、ひそかにわたくし達のあとを追い、隠れて見ていてもらいたいのです。

わたくしやルークを売り飛ばすなどという言葉出てくれば、現行犯で捕まえられるでしょう。

そう伝えますが、ラルフ様は険しいお顔をされます。

「シャル、それはできないよ」

「どうしてですか？　わたくしはザカリーのことを絶対に許せませんし、それに人身売買の噂があるザカリーの尻尾を掴むチャンスですのに！」

「だって、それはシャルが危険すぎるだろう！　僕はその作戦には反対だ!!」

「ラルフ様……」

ラルフ様はわたくしのことを心配なさってくれています。

だけど、これだけは譲れませんわ……！

ザカリーが貴族である限り、またルークが狙われるかもしれません。それに、もっとたくさんのわたくしの大切な人達が傷つけられるかもしれません。

わたくしは全力でザカリーを潰さなくてはならないのです。

「ラルフ様、お願いいたします。ここでザカリーに鉄槌を下さなければ、またルークが狙われてしまうかもしれませんわ……。だから、わたくしは何がなんでもここでザカリーを潰しておきたいのです」

「……シャル」

「お願いいたします……」

ラルフ様へと頭を下げてお願いいたします。

しばらくラルフ様は考えると、ひとつため息をついて困ったように笑いました。

「はぁ……。わかったよ、シャル」

「っ！　ありがとうございます、ラルフ様！」

「ただし、条件がある！」

……条件とはなんでしょうか？

わたくしは首を傾げながら、ラルフ様のお話に耳を傾けたのでした。

――ルークが攫われそうになった日の、深夜のこと……

「……」

わたくしは、緩く後ろで手を結ばれ、気絶しているふりをしています。

そう、これはラルフ様に協力をお願いした作戦を決行するためです。

この作戦は急ピッチに進み、今夜行うことになりました。

実は、このところお父様達が忙しかった理由が、近々人身売買が行われるという情報を得たからでしたの。この機会を逃さずに一網打尽にしてやるということで、念入りに調査していたようです。

そこへ、一番の首謀者とされるザカリーがルークを攫おうとしたことが、ラルフ様を通じてエドワードおじ様やレティお姉様、王宮にいるお父様へも伝わりましたわ。

お父様は激怒のあまり周りを凍りつかせるほど冷たい表情だったと、ラルフ様から聞きました。

お父様もこの作戦には反対だったようですけど、ルークが標的にされていること、わたくしが逆恨みをされていることを踏まえて考え、悩んだ末に、ラルフ様が出した条件を聞いてやっと納得してくれたようですわ。

その、ラルフ様の条件が……

「シャル、もう少しで着くよ。優しく担いで行くけど、揺れたらごめんね。あと、演技で暴言を言うかもしれないけど、演技だからね！　演技!!」

ラルフ様は小さな声で、コソコソとわたくしにおっしゃいます。

わかっていますとも、演技だということは。

そう、なんとラルフ様もわたくしと一緒に来ていますの。

ラルフ様は変装していて、わたくしに不満を持つサンチェス公爵家の使用人という設定です。

ダリルとタリアがルークを攫おうとしていたらわたくしに見つかり、わたくしは助けを呼びましたが、その使用人はまさかの二人の協力者。わたくしはまんまと気絶させられ、ついでに攫われたという筋書きです。

ラルフ様が一緒に行くとおっしゃった時、わたくしは反対いたしました。王子がすることではないと。ラルフ様を危険な目に遭わせるわけにはいかないと。

けれど、ラルフ様はあっさりエドワードおじ様の許可を取ってきてしまいましたわ。

むしろ父上に『シャルを側で守れ』と言われたと、ラルフ様は言っておりました。

タリアとダリルには今回協力してもらうことで、ルークを攫おうとした罰は軽くすることにします。二人は『なんでも協力します！』と泣きながら言っていたので、妹のことで相当追い込まれていたのでしょう……

そんなことを考えていると、ラルフ様が何処かで止まります。きっと孤児院に着いたのでしょう。

一度床に降ろされたあとガチャッという音が聞こえて、ラルフ様が再びわたくしを担ぎ上げます。

さあ、始まりますわね……

◆
◆
◆

夜も深い時間の孤児院の中、もう子供達は寝静まっている。もちろんいい大人も……

しかし、ここには悪い顔をした二人の大人がいた。

ひとりはでっぷりと太っていて、豪奢な服装をした貴族のような男。

もうひとりはどこにでもいるような、特徴のない男だ。

「あいつら、上手くやったようだ……」

「ええ、まさか妹のために、最高位の貴族の子供を攫うとは……」

「ははっ！　あの女の顔が歪むのを見たかったわい！」

趣味の悪い会話をしているのは、もちろんザカリーとこの孤児院の院長だ。

この二人は孤児を他国に売り捌き金を稼いでいる、無法者である。

二人が上機嫌になった頃、タリアとダリルがやってきた。タリアは布に包まれた何かを抱いており、ダリルがキキモワールに話しかける。

「貴族様……約束通りに、こ、子供を連れてきました……！」

「ふんっ。よくやった！」

きっとタリアが抱いているのがシャーロットの子供だろうと、ザカリーは思った。

あの女の子供を手に入れたと、ザカリーは鼻息を荒くする。

「さて、その子をこちらに寄こしなさい」

院長がタリアに言った。少しビクッとするタリア。すかさずダリルが口を開く。

「あのっ！　貴族様、院長様。子供を渡す前にお伝えしたいことがあります」

「伝えたいこととはなんだ？」

「それが……」

問いかける院長にダリルが答えかけた時、扉がバタンと開いた。

ザカリーは眉をひそめ、突然の来訪者に声を荒らげる。

「誰だ⁉」

「すみません、早くこの方もあなた達にお見せしたほうがいいかと思って」

コツコツと足音をたてて入ってきたのは、真っ黒な服に真っ黒な髪、それに加えて顔の下半分を布で隠している男だった。

だが、ザカリーはその男よりも、男が担いでいる女を見た。美しい青みがかった銀髪が目に入る。

「お、お前は誰だ⁉　それにその担いでいる者は……」

「ええ、あなた様が恨んでいる者でしょう？」

男は近くの椅子に担いでいた女を座らせた。

気絶しているのかピクリとも動かないその女の顔を見て、ザカリーはニタァと気色悪い笑顔を見せる。

タリアとダリルは鳥肌が立った。黒ずくめの男だけは、表情が見えない。

ザカリーは盛大に笑い声をあげた。

「ふっふ、ははは！　こりゃあいい‼　だが、お前は誰だ？」

「おっと、これは失礼いたしました。私はサンチェス公爵家で働く使用人でしてね。私はこの女に使われるのが我慢ならなかったのですよ。女のくせに……ってね。だからこうしてお二人に協力したのです」

ザカリーの気分は一気に上がる。やはり、女が図に乗ると不満を買うのだと……

しばらくザカリーは上機嫌に笑っていたが、いきなり女の頬を叩いた。

パンッという乾いた音が、辺りに響く。

「うっ……」

「おい！　起きろ！」

女は静かに目を開いた……

◆　◆　◆

突然襲った頬の痛みに、わたくしは声をあげてしまいました。痛いですわね……

わたくしはザカリーのお望み通りに目を開きます。

「……」

「お目覚めだな～。お前のせいでわしは処罰を受けた！」

最初から唾を飛ばしながら怒鳴ってくるザカリーに、思わず眉間に皺が寄ります。

「あら？　それはあなたの自業自得じゃなくて？」

「いいや！　お前のせいだ！　お前がわしの言う通りにしていればよいものを！」

ザカリーはそう怒鳴るとまたわたくしの頬を叩きました。

「うっ……」

強く叩かれ、頬がじんじんします。また叩こうとしたザカリーを止めたのは、意外にも院長でした。

「ザカリー様、あまり叩かれませんように。傷がついては……」

「いいんだっ！　この女は商品にはせん！　わしが一から教えてやるのだ！　男に逆らうとどうなるのか！」

「そうですか……」

わたくしは頬の痛みを我慢して、ザカリーに問いかけます。

「商品とはなんですの……？　まさか、噂は本当ですの？」

「ふんっ！　お前には関係ないが、お前の子供には関係あるな！」

「……なんですって？」

わたくしはわからないふりをして、ザカリーに尋ねます。

きっと、ルークのことを他国に売るとでもいうことでしょう。

その言葉さえ聞ければ、もうこっちのものなのですが……

まあ、もう商品と言っている時点で、既に言質はとれたような気もします。

もう少し決定的な発言がほしいので、わたくしはザカリーの話を聞くことにしました。

「お前の大切な大切な子供は、お前の手にはもう戻らんぞ？　お前の子供はお前のせいで他国に売り捌かれる！　貴族の子供は奴隷として高く売れるからな！」

「……」

わたくしはザカリーを睨みます。

ふはははっと高らかに笑っていらっしゃるけれど、わたくしも笑いたい気分ですわ。

ふふっ、こんなにお馬鹿な人でしたなんてね……

「震えておるのか？　ふははは、愉快だのう～」

「……他の子供達も売りましたの？」

「ああ、そうだ！　たくさん儲けさせてもらったわい！」

はい、自白いただきましたわ。

……もう、いいでしょうね。

そう思い、ラルフ様をチラッと見ます。ラルフ様もそれに気づいて、アイコンタクトをしてくれました。

わたくしは縛られていた手を解きます。

すぐに緩められる結び方にしていたので、簡単に外れた縄は床に落ちていきました。

そして、わたくしは立ち上がります。

「ザカリー、人身売買の自白ありがとうございました。しっかりと聞きましたわ」

「なっ！　なっ！　なにっ!?」

「さて、大人しく捕まってくださいまし！」

わたくしは驚くザカリーにそう言うと、手に握っていた笛を思いっきり吹きます。

――ピーーーーー！

静かな夜に、響き渡る笛の音。

突然の出来事に、ザカリーも院長も動きを止めています。

笛の音が響く中、バタンッと扉を開ける音と共にたくさんの騎士達が入ってきますわ。

「終わりだね、ザカリー。僕もこの耳ではっきりと聞いたよ。人身売買をしているとね……」

そう言ってラルフ様は変装を解き始めますわ。

顔を隠していた布と、頭に被っていたカツラを取りました。

赤みがかった金髪があらわになり、ラルフ様のお顔が見えると、ザカリーは正体に気づいたようで呆然と言います。

「ラ、ラルフリード殿下……」

「いや～、ここまで愚かだったとはね。でも、今まで散々悪いことをしてきたようだし自業自得だね」

「くっ……！」

ザカリーはあっという間に包囲されます。院長のほうは、何が起こっているのかわからず固まっているうちに、捕まったようです。

あとは、ザカリーを捕らえるだけ……そう思った時、ザカリーは醜くも抵抗します。

「わしは、歴史あるキキモワール家の当主だぞ！　こんなことが許されるわけ……」

「許されますわ。だって罪を犯していますもの。罪を犯した者には罰が下るのは当然のことですわ」

わたくしが心底冷たい声で言うと、ザカリーはギロリとこちらを睨みます。

「お前のせいだ！　お前が……！」

呆れました……また、人のせいですわ。本当救いようのない人ですね。

そんなことを考えていると、ザカリーは突然騎士を避け、タリアのほうへ向かいます。

あっと思った時には、タリアの抱いているものを奪い取っていました。

「きゃあ！」

「姉さん！」

ダリルはザカリーに押されて倒れるタリアを支えます。

そして、ザカリーは勝ち誇ったかのようにニタニタと笑い、わたくしを見ました。

「ははっ！　お前の目の前で大切な子供を殺してやる!!」

「……」

わたくしはさらにザカリーへと冷たい視線を送ります。

「何も言えないか！　ならそこで大人しく子供が死ぬのを見ていろ!!」

ザカリーはどこからか短剣を取り出し、タリアから奪ったものに勢いよく刺します。

「ふははは！　殺したぞ！　ざまあないな！」

「……高らかに笑っていますけれど、何を殺したのでしょう？」

わたくしが問いかけると、ザカリーはこちらへ顔を向けました。

「だから、お前の子を……」

「わたくしの大切な子はここにはおりませんわ」

改めて見てみてください。あなたが刺したものを……

ザカリーはわたくしの言葉を聞き、刺したものへと視線を移動させます。

それは、作戦通り人形です。もっと早く気づかれてしまうかもと思いましたが、ザカリーの興味がわたくしにばかり向いていたので助かりました。

「わたくしがやすやすと愛しい我が子をあなたのような汚い者の手に渡すわけがありませんわ。そんなことすらわからないなんて……愚かですね」

わたくしは最後にニッコリと笑ってさしあげました。

ザカリーは悔しそうに顔を歪めます。

「くそ！　くそ！　くそ！」

これで終わりですね。騎士達がザカリーを捕らえます。

ふうっと一瞬気を抜いた瞬間に、それは起こりました。

「シャーロット……シャーロット……！」

低く唸るような声でザカリーがわたくしの名を呼びます。

「!?」

ザカリーは騎士を振り切って、わたくしに無我夢中で突っ込んできました。その手には、まだ短剣が握られています。

わたくしは驚きのあまり、体が固まってしまいました。逃げ出したいのに、体が動きません……

ザカリーがこちらへ来るのが、スローモーションのように見えます。

このままでは刺されてしまう！

そう思った時、ふわっとラルフ様に抱きしめられました。

「僕の大切な人であるシャルに二度も手を出そうなんて……。許さないよ」

ラルフ様は右手に剣を持ち、左手でわたくしの腰を抱き寄せてわたくしを守りながらでも、いとも簡単にザカリーを撃退しています。

あっさりとザカリーの短剣は弾かれて床へ落ちました。武器が何もなくなったザカリーはラルフ様からの一撃で伸びてしまいましたわ。

気絶したザカリーをすかさず捕らえる騎士達。わたくしは未だにラルフ様の腕の中です。

ドキンッドキンッと胸が鳴っています。

この胸の音は、ザカリーが短剣を向けてきた恐怖によるものなのでしょう。

それに、今になって体が震え始めました。

わたくしが公爵位を継いだら、もっと大きな悪意に晒されて、またこのような事件に巻き込まれることもあるかもしれません。だから、慣れなくては……そう思うのに体は言うことを聞いてくれません。

「……シャル」

ラルフ様は剣を騎士に返すと、わたくしの名を呼んで強く抱きしめてくれました。どうやら、ラルフ様は騎士の剣を取って駆けつけてくれたようです。

「シャル、無事でよかった……」

「っ！　ラルフ様！」

ラルフ様の温もりと匂いに安心し、わたくしは次第に落ち着きを取り戻していきます。

自然と体の震えもおさまっていきました。

「シャルに刃物が向けられた時、息が止まるかと思った……。本当に守れてよかった……」

「……ラルフ様、ありがとうございます。本当にありがとうございます……」

わたくしとラルフ様は少しの間だけ、抱きしめ合っていました。

しばらくそうしたあと、ラルフ様はわたくしの頬を触ります。

「頬が赤くなっている……。痛む……？」

「少し……痛みますわ」

ラルフ様と目が合いました。ラルフ様はどこか泣きそうです。

そのお顔を見て、わたくしは笑ってみせますわ。

「大丈夫ですわ。またすぐに冷やせば……!?」

そう言っている途中でラルフ様の顔が近づいてきて、わたくしの頬へキスをしました。

突然のことに、固まってしまいます。ラルフ様はニッコリ笑っていました。

「おまじない。早く治りますようにって」

ラルフ様の言葉を聞き、じわじわと熱が顔に集まっていきます。

「……ら、ラルフ様!!」

「うん？　おまじないだよ」

爽やかに微笑まれて、何も言えなくなりますわ。

これはおまじない、おまじない……と自分に言い聞かせ、ドキドキする胸を無視します。

ラルフ様はわたくしに笑いかけながらおっしゃいます。

「さぁ、シャル。帰ろうか……！」

「ええ、帰りましょう」

無事にザカリーを捕らえることができましたからね。

わたくしは安心してルークの待つ我が家へと帰りました。

ラルフ様への想いが、かつてのように膨らんできていることに気づきながら……


――ザカリーが捕らえられた一ヶ月後。

わたくしはルークを抱き、公爵邸の庭にあるお気に入りのガゼボで休んでいました。

「ルーク、お外は気持ちいいわね～」

「おー！　あー♪」

ルークはご機嫌にきゃっきゃっと声をあげています。

ルークが笑っているとわたくしもつられて笑顔になります。幸せな気持ちになりますわ。

わたくしは平穏な日々に喜びを感じながら、一ヶ月前のことを思い出しました。

ザカリーと院長が捕まったあと、王宮の騎士達は孤児院を捜査しました。

すると、証拠の数々が次々に発見されたのです。

ザカリーがどこの国と取り引きしているかもバッチリわかりました。

それに加えて、孤児院の地下には捕らえられていた子供や、女性がいました。

その人達は一旦保護し、帰る場所がある者は帰らせました。

身寄りのない者は仮の施設を作り、今はその場で生活していると聞きました。

他国へ売られた者はできるだけ捜して、保護できる者は保護するとお父様はおっしゃっていましたわ。あとは、売られた先の国と一緒に捜査するとのこと。

だから、お父様の忙しさは変わらず、ゆっくりする暇もないみたいですわ……

そのため、ラルフ様が王宮から離れられないお父様に代わって、ザカリーの処分の件について伝えに来てくれるのです。

「さて、ルーク。そろそろラルフ様がいらっしゃるからお出迎えの準備をしましょうね」

「うー！」

さてと、と立ち上がろうとした時……

「その必要はないよ」

「!?」

驚きながら声のするほうへ顔を向けると、ラルフ様がもういらっしゃっていました。

「ラルフ様!?」

「ははっ、驚いたかい？」

ラルフ様は悪戯が成功した子供のように笑います。

「もう！　驚きましたわ！　お出迎えもさせていただけないなんて……」

「ごめん、ごめん。思ったより早く来られてね。サプライズだよ」

楽しそうに笑うラルフ様につられ、わたくしも笑顔になります。

「会えて嬉しいですわ！　ラルフ様」

「僕も元気なシャルに会えて嬉しいよ」

わたくしとラルフ様がニコニコ笑い合っていると、ルークも可愛らしい声をあげます。

「あー！　う〜」

「あら、ルークもラルフ様に会えて嬉しいのね！」

「それは嬉しいな〜。ルーク、おいで」

わたくしはルークをラルフ様に渡しました。

やはり、ルークはラルフ様に抱っこされても泣きませんわ。むしろニッコニコです。

「あう、うー！」

「ルーク、また大きくなったな〜」

ラルフ様が愛しそうにルークの体を揺らしています。

ふふっ、二人を見ていると、とても胸がキュンといたします。まるでラルフ様と家族になった気分ですわ……

そう考えたあと、ハッとして首を横に振りました。

最近、ラルフ様にドキドキさせられて、昔のような気持ちを覚えることが増えてしまっています。

だけど、それはわたくしの胸にしまっておかなければいけません。

そう、自分に言い聞かせます……

すると、ラルフ様が言いました。

「しばらくルークを抱っこしたいのだけど、いいかな？」

「ええ、ルークも嬉しそうですから、構いませんわ」

ルークはラルフ様に抱いていただいたままで、わたくし達はガゼボで休むことにしました。

しばらくわたくし達はルークと一緒にいましたが、本日のラルフ様の目的はザカリーについてのお話です。幼いとはいえルークの耳には入れたくないので、ジナに預かってもらうことにしました。

ジナとルークがわたくし達から離れたのを見計らい、ラルフ様は口を開きます。

「さて、結論から言うとね……」

ラルフ様がおっしゃるには、ザカリーと院長は犯した罪が重いため、処刑されたそうです。

キキモワール一族は爵位を取りあげられ、没落。

ただ捜査の結果、ザカリーの長男だけは処分の対象外になったとのこと。

長男は親やロレンツォとは違い、真面目で男らしく、仕事でも功績を残していたみたいです。それに父親のザカリーを嫌っていて、王宮の文官として勤めて一切家に帰っておらず、ほとんど勘当同然だったのだとか。

そのため、その長男には新たな爵位を授け、元キキモワール領を治めさせるとのことですわ。

次男であるロレンツォは、父の悪事には関与していなかったため、その領地に家を設けて長男が監視するとのこと。もう王都には来させないと、長男が言っていたそうです。

まあ、ふらふらされるより監視したほうが安心ですわね。

「ざっと、キキモワールについてはこんなものかな」

「ラルフ様、教えていただきありがとうございます」

正直、処刑されたと聞いて、複雑な気持ちです……

ですが、わたくしがサンチェス公爵家の者である限り、悪意を向けられることでしょう。

それならば、わたくしは守るべきものを守るために、非情になる必要があります。

ルークを守れるのは、わたくしだけなのだから……

だから、脅威がいなくなり、今はホッとしています。

それに、元々あの孤児院に訪問することにしたのは、わたくしがサンチェス公爵になった暁には、孤児の救済にもっと力を入れたいと考えたからでした。

そのため、王都にある孤児院をまわっていたのですが……タイミングよく、タリアとダリルに会えてよかったです。院長がザカリーと組んで悪事を企(たくら)むような人だなんて、初対面では全く気づけませんでした。

ザカリーは自分の屋敷には証拠を残さず、孤児院に全て隠していたそうです。

そのため、ザカリーの腹心以外の家の者達は、ただザカリーが善意で孤児院の支援をしているとしか思っていなかったとのこと。つまり、あの孤児院を調査しなければ、ザカリーの人身売買の容疑は明らかにならなかったということです。

　ザカリーと孤児院の繋がりがわかったのは偶然ではありますが、わたくしも次期女公爵として、この国に貢献できてよかったです……

　わたくしがホッとため息をつくと、ラルフ様は真剣なお顔でわたくしにおっしゃいます。

「さて、シャル。今日はね、このことだけを話しに来たのではないよ。むしろ、これから話すことのほうが僕にとっては大事なことなんだ」

「？」

　一体なんでしょう？　ラルフ様にとって大事なこととは？

　わたくしが首を傾げていると、ラルフ様は再び話し始めます。

「シャル、僕は前に言ったよね？　シャルはこれから絶対に幸せになると……」

「ええ」

　わたくしが頷いたあと、ラルフ様は一呼吸するとわたくしのことを見つめながらおっしゃいました。

「シャルを幸せにするのは僕じゃダメかな？」

「っ！」

「シャルのことは、僕が幸せにしてあげたいんだ……」

　ラルフ様は、わたくしに熱を帯びた瞳を向けました。

　わたくしはその言葉を理解すると同時に、頬が熱くなりましたわ。

「僕はね、ずっと前から……それこそシャルと出逢った瞬間から今も、シャルのことが好きだよ……」

「それは……」

家族や友達に対する好きではなくて？

そんな風に思うわたくしに、ラルフ様はすぐさまおっしゃいます。

「家族や友達に対する気持ちではなく、ひとりの女性として、ね」

「っ!!」

……本当に？　本当にラルフ様はわたくしのことを好きなのでしょうか？

「幼い頃は、僕のお嫁さんになるのはシャルだとずっと思っていたよ。いつも姉上と義兄上、シャルと僕で遊んでいたからね。だけど、いざ婚約者を決めるとなって、シャルと婚約していないことに驚いた。だから父と母に問い詰めたんだ。『なんで、シャルと婚約してないの？』って。そしたら、シャルはもうトンプソン伯爵家の次男と婚約していると聞かされた……。その時は、目の前が真っ暗になって絶望したよ……」

「ラルフ様……」

わたくしは目を見開いて、ラルフ様を見ました。

ラルフ様は寂しげに微笑みながら、話し続けます。

「でも、僕はシャル以外と婚約する未来が考えられなかった……。当然王族としては誰かと婚約しないといけないことはわかっていた。わかっていたけど、心は嫌だった……。そんな時に姉上が僕に言ったんだ。『ラルフ、あなたは好きなように生きればいい。わたくしが生きている限り、ラルフは自分の気持ちに正直に生きなさい』と。義兄上も、『ラルフ、自分が納得する選択をしろよ』とおっしゃってくださった」

「……」

レティお姉様とサミュエル様が？　知らなかった事実に、わたくしは言葉を失ってしまいます。

「だから、僕は考えたんだ。どうしたらいいのかを……。考えて、考えて、決めた。……シャルのことを想い続けると」

「っ！　ラルフ様」

思わず声をあげたわたくしに、ラルフ様ははにかみます。

「こんなこと言うのは恥ずかしいけど、シャルを諦めることができなかった。それは今でも……。シャルがスティーブと結婚した時、スティーブの子を妊娠した時、僕は胸が締めつけられるほどに苦しかった。だけど、シャルが幸せなら見守るつもりだった。シャルからスティーブの浮気話を聞くまでは……」

ラルフ様がそこまでわたくしのことを想ってくださっているなんて……

だんだん、胸が熱くなっていくのがわかりました。

ラルフ様は思い出したかのように、眦を吊り上げます。

「あの時は、はらわたが煮えくり返るようだったよ。僕からシャルを奪っておきながら浮気するなんて。だからその時に決意した。シャルが離縁したら、僕の想いを告白しようと。それに、シャルはいろんな意味で人気者だからね。ザカリーの件もあったし」

「あっ……」

……そう、未だに、いろんな意味で人気者ですわ。サンチェス公爵家にはまだまだたくさんの釣書が送られてきます……

それほどまでに、サンチェス公爵家の地位は魅力的なのですね。

「僕はそんな人達にシャルを奪われたくない……」

わたくしはラルフ様の想いを聞き、とても嬉しい反面、本当にわたくしでいいのか不安になりましたわ。わたくしにはルークがいますし、今はルークが一番ですもの。

たとえ初恋の相手であるラルフ様であれ、恋愛はまだ考えられませんわ……

視線を落とすわたくしに、ラルフ様が優しく声をかけます。

「シャル。僕はね、ルークのことも守っていくよ。たとえ僕と血が繋がっていなくても、シャルの子だ。大切にしないわけがない」

「!!」

ラルフ様はわたくしの考えていることがわかっているかのように、そう答えてくれました。

わたくしが瞳を揺らすと、ラルフ様は美しく目を細めます。

「シャル、今すぐに返事をくれとは言わないよ。ただ、僕のことも選択肢の中に入れてほしい……もちろん、僕を選んでくれたらすごく嬉しいけどね」

「ラルフ様……」

ラルフ様はわたくしの手を取り、チュッとキスをしました。

その行動にドキッとしながらも、わたくしは慎重に口を開きます。

「ラルフ様、ありがとうございます。わたくしのことを好きでいてくれて……。すごく、すごく、嬉しいですわ。でも、すぐにはお返事をすることができませんわ……。申し訳ありません」

「シャル、焦らなくていいよ。僕が言えたことじゃないけど、焦らせるつもりはなかったんだ。だからゆっくり考えて返事をしてくれ」

「はい、ラルフ様」

「それじゃあ、今日のところは帰るとするよ」

ラルフ様はそう言って、お帰りになられましたわ。

しばらく、わたくしはその場から動くことができませんでした……

ラルフ様がわたくしのことを好き……その事実に、とめどなく嬉しさが溢れてきますわ。

そして、わたくしは本当の気持ちに気づいてしまいました。

わたくしもずっと、ラルフ様のことが好きだったのだと……

スティーブと婚約していたから、ずっとその想いに蓋をしていました。けれど、今はもうスティーブはいません。だから、すぐにでもラルフ様の想いに応えたいと思います。

しかし、一度結婚をし、子供を産んだ身だということが、わたくしを引き止めます。

ラルフ様はこの国の第一王子。王位は継がなくとも、れっきとした王族です。

そんな彼には、わたくしよりもっと相応しいお方がいるのではないかと……

子持ちのわたくしより若くて綺麗な方はたくさんいますわ。それに、ラルフ様も人気がありますもの……

もしかすると、わたくしは自信がないのかもしれませんわ。ラルフ様はスティーブと違うとわかっていても、一度裏切られた経験がわたくしを思い留めるのです……

そんなことをグルグルと考えていると、ルークの泣き声が聞こえてきましたわ。

ハッと意識が現実に戻ります。ジナがルークを抱っこして、こちらへ来ているところでした。

「シャーロット様、ルーカス様が泣きやまなくて……」

ジナは少し困ったようにそう言うと、わたくしにルークを渡します。

「あああああー！　んぎゃあーあああっ！」

「あらあら、ルーク、どうしたの？」

わたくしの声が聞こえると、ルークは泣きながらも小さな手を伸ばしてきました。

「ルーク、いい子ね、いい子」

わたくしはそう言いながら、抱っこしたルークの背中をトントンと優しく叩いてあやしましたわ。

すると、次第にルークは落ち着きました。

「ううっ、あうっ……うっ……」

「やっぱり、シャーロット様がいなくて不安になられたのかもしれないですね」

ジナはホッとしたように息をつきながら、わたくしに言います。

そういえば、ルークはラルフ様には今まで一度も泣きませんでしたわ……

ふと、先程のルークとラルフ様の様子を思い出し、笑みがこぼれます。

しかし、ラルフ様の気持ちに応えられるかというと、まだ思い留まってしまいます……

結局、その日に決めることはできませんでした。

◇　SIDE　スティーブ　◇

――ガッシャーンッと、大きな音が聞こえた。

そのあとに聞こえてくるのは、決まっている。

「なんでわたしがそんなことしないといけないの！　わたしはこんなことしたくない！」

そう言っていつも癇癪（かんしゃく）を起こしている、マイアの声だ。

「わたくしだって嫌だわ！　わたくしはこんなところで生活する人間じゃないもの！　こんな下々（しもじも）の者と同じ暮らしなんて……。何かの間違いだわ！」

マイアの母であるカーラも、日々不満ばかり叫ぶ。

「ふっ、ふっ……ふぎゃああー！」

ああ、今度はティアナ――僕、スティーブとマイアの子が泣き始めた……

シャーロットと離縁して、数か月。僕には家の中が地獄のように見えた。

一体、どこで僕は間違ってしまったのだろうか……？

多分、マイアと浮気をしたことが、僕の人生の中で最大の間違い。

それがなかったら、僕はこんなことにはならなかった……

僕はシャーロットと初めて出会った時、なんて綺麗な女の子なんだと素直に思った。

そして、父上からシャーロットが僕の婚約者だと聞き、すごく嬉しかった。

幼い時はシャーロットに会いたくて、よくサンチェス公爵邸に行った。

シャーロットも僕のことを婚約者として扱ってくれた。

最初は嬉しかったけど、どんどん成長していくにつれて気づいてしまった……

シャーロットは僕のことを、なんとも思っていないと。

もちろん、婚約者としてちゃんと接してくれている。だけど、僕はもっとシャーロットと笑い合ったり、イチャイチャしたりしたかった。

そう思ってシャーロットに会いに行っても、淑女の鑑みたいな彼女は、作り笑いにしか見えない微笑みを浮かべるばかり……僕と一緒にいても、楽しそうではなかった。

僕はただシャーロットに思いっきり笑ってほしいだけなのに。

そういう不満を持ち始めてしまった。

そんな時に出会ったのがマイアだった。

マイアは貴族の常識などものともせず、笑いたい時には思いっきり笑う。泣きたい時は泣く。楽しい時はすごく楽しそうにする。

シャーロットとは正反対に振る舞うマイアが、すごく気になる存在になっていった。

だから、学園生の時くらい羽目を外してもいいだろうと思い、婚約者がいるにもかかわらず、マイアと隠れて会っていた。でも、仲の良い友人といってもおかしくはない程度のことしかしていなかった。

ある日、隠していたつもりだったけれど、どこからバレたのか父上にすごく怒られた。

『お前は何をしているんだ！　いくら学園生だからといって羽目を外しすぎだ！　もし、このことがサンチェス公爵様の耳に入れば、婚約破棄だぞ！』

『わかっています、父上。それに、マイアとはただの仲の良い友人です。誤解されるような関係ではありません』

『……本当か？』

『はい、信じてください』

『……その言葉、信じるぞ？　絶対に火遊びなどするなよ』

『大丈夫です。父上』

僕は自信満々に答えた。

だけど、僕はわかっていなかった……

この時に、マイアへの想いが間違いだと、気づいていればよかったのに……

それから、マイアとの関係に気づかれることなく、シャーロットと結婚した。

その時の僕は、シャーロットよりマイアと一緒にいるほうが気兼ねなく過ごせた。

シャーロットはいつも僕より優秀で仕事もできる。

だから、お義父様は公爵家の仕事もシャーロットに任せていた。そのことも僕は面白くなかった……

だって、せっかくサンチェス公爵家の一員になったのに、僕が次期公爵なのに、頼りにされているのは娘であるシャーロットばかりだったから。僕だけが仲間外れにされているように感じた。

けれど、シャーロットを妻にできたことはすごく嬉しかった。

マイアのことも好きだけれど、シャーロットのことも好きだ。

お義父様がいる間はダメかもしれないが、いつかマイアも一緒に住めたら、なんて幸せだろう……実際に貴族の当主の中には愛人がいる人もいる。できないことはないだろう。

悲しいがシャーロットは僕のことをなんとも思っていないし、貴族の女性なら我慢することに慣れているから、僕にもうひとりくらい愛する人がいても許してくれるはずだ。

そんな思いを持ちながら、僕はマイアとの関係を続けていた。

そして、シャーロットは僕の子を妊娠した。シャーロットからそれを告げられた時、なんとも言えないほどの嬉しさが湧き上がった。シャーロットも子供ができて幸せそうだった。

『あなた、子を授かるなんて、わたくし達は幸せですわね』

シャーロットはそう言った時、僕に初めて柔らかい笑顔を見せてくれた。

『ああ、そうだね。楽しみだな～、僕達の子供に会えるのが』

僕はシャーロットのまだ膨らんでいないお腹を触りながら答えた。

僕の人生は、なんて最高なんだ！　と自惚れていた。

だからマイアとの関係も、シャーロットが妊娠したにもかかわらず、より深めていった。

だって、三人で暮らせばいいと思っていたから。

シャーロットとの子供が産まれるまでは、マイアには子供は我慢してもらおう……それに、妊娠しているシャーロットには手を出せないし、マイアに慰（なぐさ）めてもらうしかない。

だから、マイアに我慢させている分、デートのたびにプレゼントを渡した。マイアは豪華なものを好むからお金がかかった。それでものちに僕は公爵になるのだから公爵家のお金を使ってもよいだろうと思って、マイアへのプレゼントを買っていた。

それだけ尽くしても、マイアは僕に頻繁（ひんぱん）に会えなくて寂しいと言ってくる。

シャーロットの側（そば）にもいたいけど、妊娠しているから手を出せない……

欲にまみれた僕は、自（おの）ずとマイアに会いに行く日が増えていった。

僕がマイアに子供はまだ我慢してほしいと言うと、今は子供はいらないから大丈夫だと答えていた。だからマイアも僕の気持ちをわかってくれていると思った。

避妊薬を飲んでいると言う彼女を信じて、僕達は何度も愛し合った。

マイアの言葉が嘘だったなんて知らずに……

今考えれば、マイアは僕の前で避妊薬を飲んでいるところなど見せなかった。

それに、シャーロットが妊娠したとわかった瞬間に、我儘（わがまま）が酷（ひど）くなったのだ。

『スティーブ様ぁ、奥さんよりわたしのほうが好きぃ？』

『ああ、好きだよ』

そんな会話が、何度も何度も行（おこな）われた。

シャーロットよりもマイアが好きだと僕が言わないと、機嫌が悪くなった。多分シャーロットに嫉妬していたんだろう。

嫉妬するくらい僕のことが好きなんて……と最初は思っていたけど、うんざりすることもあった。

『それならぁ、もしぃ～、わたしがスティーブ様の子を宿したらぁ、奥さんと別れて公爵夫人にしてくれるぅ？』

マイアを公爵夫人に？　いや、それはない。

しかし、無理だと言ったらマイアは機嫌が悪くなるだろうな……。それに、今のいい雰囲気を崩したくない……。僕はそう思って、適当に答えた。

それが一番言ってはいけないことだったにもかかわらず……

『いいよ。その時はマイアが公爵夫人だ』

『やったぁ～。嬉しい、スティーブ様ぁ』

マイアは嬉しそうにしている。そんなマイアが可愛らしいと思った。

それにマイアだって僕が言ったことが本気だとは思っていないだろうと、思い込んでいた。

だから、僕はマイアの企み(たくら)にまんまとハマったのだろう。

シャーロットのお腹が大きくなり、もうすぐ子供が産まれそうだという時に、マイアは言った。

『スティーブ様ぁ、わたしぃ、旅行に行きたい！』

『うーん。マイア、それはちょっと無理かもしれない……』

『なんでぇ？』

『シャーロットの出産が近いんだ。さすがに側にいないと……』

するとマイアの機嫌が悪くなった。

『スティーブ様はわたしのことを愛していますよね？　奥さんよりも愛しているでしょう？　わたし達は愛し合っていますよね？　なのに、奥さんを取るの⁉　わたしのことをもう愛していないの⁉　……わかった。それなら奥さんに、スティーブ様と別れるように直接言う！』

『マイア‼』

シャーロットに直接言うなんて絶対にやめてほしい。

今はお義父様がまだいる。そんなことをしたら、マイアがただでは済まない。

『……わかった。マイア、旅行に行こう。どこへ行きたいんだ？』

僕がそう言うと、マイアはコロッと態度を変え、ニコニコした。

『えっとねぇ、海が見たいの！』

『そうか。なら海が見える街へ行こう』

『やったぁ、スティーブ様ぁ、大好き！』

そう言って抱きついてくるマイア。そんなマイアを抱きしめ返した。

まあ、一週間くらいだし、シャーロットもそんなすぐには出産しないだろう……と安易に考えていた。

このあとにマイアが本当にシャーロットに会いに行くことなど予想できずに、僕は一週間の休みを申請した。そして、シャーロットには出張と言って一週間家を離れることを伝えた。

すると、シャーロットは珍しく僕のことを引き留めた。

確かにちょっと強引に言い訳を考えたせいか、鋭いシャーロットは僕の嘘に気づいていた。

だから、僕はとっさに苦しい言い訳を重ねなければならなかった。

シャーロットはひとりで出産することになるかもしれないと、僕を寂しそうに見た。

でも、マイアにも寂しい思いはさせたくない。

シャーロットはマイアみたいにか弱くないだろう？　お義父様に似て強い女だろう？　それに、その期間に出産するかはわからないだろう？

そんな思いで、僕は仕事だからと押し切った。

すると、シャーロットはお義父様に頼んで出張を別の人に代えてもらおうと言い出した。

なんだって⁉　お義父様に頼む⁉　それはまずい……

シャーロットがお義父様に言ったら、そんな出張はないことがバレてしまう！

だから僕は、思わず口調を厳しくした。シャーロットはしゅんとしながらも、納得してくれた。

シャーロットのあんな姿は見たことがなかった。言ってから僕は後悔したが、態度を改めることもしなかった。

そんな僕に対して、シャーロットは言った。

『トンプソン領に行くのでしたら、お義父様とお義母様によろしくお伝えください』

シャーロットは僕の両親のことも大切に扱ってくれていた。やはり、シャーロットには少し罪悪感がある……

でも、もう言ってしまったことだし、マイアとの旅行はそれなりに楽しみだったから、そのままシャーロットへの罪悪感は忘れてしまった。


一週間、僕はマイアとの旅行を楽しんだ。

『スティーブ様ぁ、旅行に連れて来てくれてありがとぉう』

『いや、マイアが喜んでくれて僕も嬉しいよ』

マイアが嬉しそうに僕に抱きついた。僕はそんなマイアが可愛いなと思いながら抱きしめ返した。

するとマイアがニコニコと僕を見ながら言った。

『スティーブ様ぁ』

『うん？　なんだい、マイア』

『ふふふっ！　この旅行から帰ったらぁ、いいことがありますよぉ』

いいこととは？　と少し疑問に思ったが、ずっとマイアがニコニコしているせいか、そんなことはどうでもよくなった。

『そうなのかい？　マイアが言うなら、いいことがあるんだろうね』

『はぁい。楽しみにしていてくださいね！』

『ああ、楽しみにしているよ』

結局マイアと旅行に来て正解だったなと考えながら、楽しい一週間はあっという間に過ぎていった。

そして、僕は公爵邸に帰った。

シャーロットには仕事と言ったから、疲れているようにしなきゃな……

そう思っていると、シャーロットが出迎えてくれた。

シャーロットはいつも通り綺麗だったが、何か違うような気がする……

そう考えていると、シャーロットが言った。

『スティーブのお帰りをお待ちしておりましたの』

僕の帰りを待っていた？

シャーロットが、そんなことを言ってくれるなんて……

ちょっと感動しながら、僕はお礼を言った。するとシャーロットはさらに言った。

『そうそう、実は、あなたのお帰りを待っていたのは、わたくしだけではございませんの』

僕の帰りを待っていたのはシャーロットだけじゃない？　一体誰だ？

疑問に思いながらもシャーロットのあとをついていくと、彼女は応接室に入った。

『皆様、お待たせしましたわ。スティーブが帰っていらっしゃいましたわよ』

僕の目に入ったのは父と母と兄。それにおじい様。

その上、ラルフリード殿下やシャーロットの祖父、オーガスト様までいた！

何故、何故、ラルフリード殿下や、オーガスト様がここにいる？

すると、追い討ちをかけるようにお義父(とう)様が言った。

『スティーブ君、楽しかったかい？　キャンベル男爵令嬢との旅行は……』

マイアとの旅行がバレている……

僕は頭が真っ白になった。

何故、マイアと旅行に行ったことがバレている？　いくら考えてもわからない……

焦った僕は苦しまぎれに反論したけれど、シャーロットやお義父様に冷たく返された。

本当はトンプソン領への出張がなかったことも、浮気旅行のことも知られていた。

もう、言い逃れなどできない……。でも……

このままではシャーロットと別れることになってしまう！

そう思って、僕は必死に言い訳を重ねた。

正直、自分が何を言ったのか覚えていない……。でも、シャーロットをさらに怒らせるには充分な内容だったようだ。

『どこまでもわたくしを馬鹿にしてくださいますわね……。スティーブ、もうあなたは終わっていますのよ』

『しゃ、シャーロット……？　どうしたんだい？　突然……』

『……突然？　本当にそう思っていらっしゃるの？　それならどこまでもおめでたい人ですこと……』

シャーロットは今まで見たことないほど、僕に対して冷たい表情と声を向けていた。

でも、おめでたい人と言われ、馬鹿にされたことはカチンときた。

確かにシャーロットよりは馬鹿だが、今みんながいる前で馬鹿にすることはないだろう！

頭にきた僕は、怒りのままに口走った。

『おい！　それはどういうことだ！　大体、出張のことはお義父様に言うなと言っただろう！　お義父様や僕の両親、他の皆様も呼んでお前の嘘に巻き込むなんて、一体何をしている！　僕は仕事に行っていたんだ！』

しかし、シャーロットは僕の言葉を物ともせず、正論を言ってくる。

『何故お父様に言ってはダメだったのでしょうかね……。それはやましいことをしているという証拠ではないのですか？』

『そ、そんなことはない！』

『それと、あなたがなんと言おうとも、こちらには証拠が揃っていますのよ』

……証拠？　そんなもの、あるはずが……

怯えている僕のことなど気にもせず、シャーロットは続けた。

『それに、あなたとのことを教えてくださったのは、他でもないマイア・キャンベル男爵令嬢ですもの。本人がわざわざ公爵邸にいらっしゃって、わたくしに伝えに来たのですわ。スティーブ様の子を身籠った、と……』

ま、マイアがここへ来た……!?　そんな……。いつ、マイアはシャーロットに会ったんだ？

混乱する僕を、シャーロットはひたすら追い詰める。

そして、僕は思った。なんでこんなにも責められなくてはならないのかと。

『まだ言い訳をするおつもり？』

そう言われてシャーロットに対しての本音が出てしまった。

『うるさい！　お前は僕を守れよ！』

『……はあ？』

シャーロットは僕にそう言われて、理解できないといった顔をしていた。

でも、他の貴族の当主も愛人くらいいるだろう？

シャーロットはそんなことくらいわかっていると思っていたのに！

だから、今日は僕がシャーロットに注意しよう。貴族の妻ならどんと構えていなければならない。

僕に愛する人がもうひとりいたくらいで、こんなに大騒ぎするなんて。

しっかり反省させないとみんなに悪いからな……

そう思って、僕はひたすらシャーロットを叱った。

僕がひとりでシャーロットに言ったことに対して満足していると、もう耐えられないといったようにシャーロットは笑い始めた。

そして、僕が勘違いしていると言われたが、なんの心当たりもない。

シャーロットを睨みながら一体何が勘違いなのかと思っていると、彼女は子供に教えるように僕に言った。

『スティーブ、あなたはサンチェス公爵にはなれないのですよ』

そんなはずは……ない！　だって後継者は男だろう!?　それなら誰が公爵になるんだ！

そんな僕の疑問は、あまりにも馬鹿なものだった。

父上からはすごく怒られ、母上からはストレートに馬鹿だと言われてしまった……

それもそうだ、この国は男女問わず第一子が家を継ぐと制度で示されている。

だから、次期国王もラルフリード殿下の姉上のスカーレット王太女殿下だ。

シャーロットに言われて気づいた。少し考えればわかることを、僕はわかろうともしていなかった。

そして、やっと僕は公爵になれないことを理解した。

サンチェス公爵家の後継者がシャーロットだということも……

今まで信じてきた、自分が次期公爵だということが崩れ落ち、僕は呆然とした。

そんな僕に、シャーロットは言った。

『あなた、わたくしに言うことがあるのではなくて？』

しかし、追い詰められた僕は子供じみたことしか答えられなかった。

『ぼ、僕は悪くない！　大体、なんで教えてくれなかった！　そしたら僕がこんな勘違いをしなくても済んだのに！　そうやって昔から僕のことを除け者にしてきたんだ！　僕は悪くない！

シャーロットが悪い！』

すると、シャーロットの顔からは表情が抜け落ちた。

『どこまでも自分は悪くないとおっしゃるのでしょう？　全てを棚に上げてわたくしが悪いとおっしゃるのでしょう？』

本当は、少しだけシャーロットが諦めて、許してくれると思っていた。

だけど、現実はそんなに都合よくはいかなかった……

『それなら、あなたとは離縁するしかありませんよね？』

そう言われ、僕はもちろん反論したが、取りつく島もなかった。

『あなたはもう、公爵家の人間ではありませんわ。今日中にこの公爵邸から出て行ってくださいね』

シャーロットは一番いい笑顔でそう言った。

表情とは反対に、話の内容はとても僕には笑えたものではなかったが……

僕がどんなに嫌だと言っても、マイアとの関係は遊びだと弁明しても、嘘をついたことを許してもらおうとしても、味方になってくれる人は誰もいなかった。

それもそうだ。だって、シャーロットが出産したことにも僕は気づかなかったのだから。あれだけ僕とシャーロットの子が生まれることが楽しみだったにもかかわらず……

そんな僕だから、おじい様達もシャーロットの離縁の申し出を了承したのだろう。

そして、父上から勘当（かんどう）を宣告された。

それからは記憶があまりない……

マイアが来て僕と同じく愚（おろ）かな態度だったことや、マイアの醜（みにく）いところを嫌というほど見せられたことしか覚えてない。

それから、マイアの母上であるキャンベル男爵夫人が来てからは嵐のようだった。

僕はどこか他人事のように二人が連れて行かれるところを見ていた。

それから僕もマイア達と同じく、気がついたら公爵家から追い出されていた。

父上と母上、おじい様が帰る時に見せた表情がすごく悲しそうだったのが、頭から離れない……

あの日のことを思い出すと、後悔ばかりだ……

いや、あの日よりも前の自分を殴りたい。愚(おろ)かな行動はするなと。

公爵家から追い出されたあとは、本当に大変だった。

しばらくはサンチェス公爵が宿を取ってくれていたから、住む場所には困らなかった。

だが、仕事を探すにしても、肉体派ではない僕は、体を動かして働くことに向いていない。

貴族だったから商会でなら働けるかと思ったけれど、商人は噂に敏感だから、僕のことを知るなりサンチェス公爵家を敵に回したくないと言って働かせてくれなかった……

今までの僕が、こんなにシャーロットに、サンチェス公爵家の名に助けられているとは思ってもいなかった。

僕は途方に暮れた。

そして勘当(かんどう)されたけれど実家に助けを求めるしかあとがないと思い、プライドを捨ててトンプソン伯爵家に助けを求めた。

しかし、現実は甘くなかった……

誠心誠意謝れば助けてくれると思っていたが、結果は門前払い。

絶望しかけたその時、兄上が屋敷から出てきてくれた。

『スティーブ、お前は愚かなことをしたな……。私はお前が間違ったことをしていると気づけなかった自分が憎い。本当はお前の味方をしてやりたい！　しかし、私も守るべき家族がいる。だからお前と表立って会うことも助けることもできない。だけど……これが最後だ。ここへ行き、真面目に生きろ』

兄上はそう言って去っていった。僕は久しぶりに号泣した。

公爵家から追い出されてからずっと上手くいかず、それでも心のどこかで、父上や母上は助けてくれるだろうと思っていた。それなのに門前払いをされた時にもうどうしたらいいのかわからず、生きていていいのかさえもわからなくなった。

そんな時に、兄上は助けてくれた。手を差し伸べてくれた。

そのことがどれほど嬉しかったことか……

涙が止まらなかった。僕には何も言わせずに去ってしまった兄上。お礼もちゃんと言えなかった。

だから心の中で何度も、何度もお礼を言った。

(兄上、ありがとう……。ありがとう……)

これからは兄上が失望しないように真面目に生きていこう。兄上が紹介してくれた仕事場で……

そう決意し、僕はそれから我が子のために必死で働いた……

「ふえぇぇぇん‼」

ティアナは一際大きな声で泣いた。

過去を思い出していた僕はその声で現実に戻り、急いでティアナのもとに行く。

ティアナがこんなにも泣いているのに、あの二人は自分のことしか考えてない。

僕は泣いているティアナを抱っこする。

「よしよし、ティアナ。お父様が来たぞ」

「あぁああー！　ふっ、ふっ、ふあぁぁぁー！」

いくらあやしてもティアナは泣きやまない。

オムツは大丈夫だし、お腹が空(す)いたのかな？

そんなことを思っているとマイアが怒鳴り始めた。

「ちょっと！　うるさいわ！　静かになさいよ！」

「マイア、ティアナにそんなことを言うなよ」

「スティーブは早く泣きやませなさいよ！」

マイアが怒鳴ったせいで、ティアナはさらに泣いてしまう。

「うるさい！　うるさい！　うるさーい‼」

僕からしたらマイアのほうがうるさい。今の僕はマイアに嫌悪感しか抱(いだ)けない……

シャーロットとだったら子育ても楽しくできたかもしれないと、今では後悔している。

もちろん、ティアナのことも可愛い。でも、思ってしまうのだ。

シャーロットとの子は、見たことがない。噂で聞いて、男の子ということだけわかった。

シャーロットに似ているといいな……。まあ、シャーロットが育てれば大丈夫か……

そんなことを考えながら、僕はため息をつく。
改めて現実を見ると、逃げたくなる……
でも、今の状況は僕の自業自得。
それでも、マイアから、この地獄のような生活から、僕は抜け出したい……
そんな弱気になる心を振り払うように、僕はティアナをあやし続けた。

第七章

ラルフ様から告白されてから数日が経ちましたわ。

あの日以降、ラルフ様が頭から離れません。日々ラルフ様のことを考えてしまいますわ……

しかし、いくら考えてもどうにも決められないのです……

そんなわたくしの様子に、久しぶりに家でゆっくりしているお父様は勘づいたようですわ。

「シャル、ラルフリード殿下のことで悩んでいるのかい？」

「……お父様」

お父様は知っていらしたのでしょうか？　ラルフ様の気持ちを……

そう思っていると、お父様はわたくしに言います。

「実は、ラルフリード殿下がシャルに気持ちを伝える前に、私のもとに来たのさ」

「ラルフ様がお父様に？」

「そうだよ。私にシャルへの想いを伝えたあと、『宰相が守ってきたシャルを、僕も守ることを許してほしい』とね。それに、私に許されないとシャルに想いを伝えることはできないと言っていたよ」

まさか、ラルフ様がお父様にそんなことを言っているとは思いませんでしたわ。

わたくしにだけではなくお父様にも誠意を示していたなんて。

「私はラルフリード殿下なら、シャルを幸せにしてくれると思っているよ」

お父様もラルフ様のことをおっしゃる時は、穏やかなお顔をしていますわ。ラルフ様がわたくしよりも先にお父様に許可を得たのがよかったのでしょう。

お父様はニッコリ笑ってわたくしに問いかけますわ。

「シャルはラルフリード殿下のことが好きなんだろう？　その顔を見れば、なんとなくはわかるがね」

「っ!?　お父様……！」

そんなことを聞かれるとは思ってもいませんでしたので、驚いてしまいましたわ！

確かにわたくしはラルフ様のことが好きです。

でも、それをお父様に言うとなると、恥ずかしいですわ。

それに、まだラルフ様への答えも見つからないのに、お父様に言っていいものか悩みます……

すると、お父様は拗ねたようなお顔をしましたわ。

「元々、私はシャルをラルフリード殿下と婚約させたかったんだけどね……。父上が勝手なことをしたからできなかった」

お父様はまだ、おじい様が勝手にわたくしの婚約を決めたことを根に持っているようです。

「お父様、おじい様がわたくしの婚約を決めてしまったことは、もう過ぎたことですわ。そろそろ許してあげてはどうかしら？」

「シャルがちゃんと幸せになったら許そうかな……？」

「わたくしは今でも幸せですよ？」

「今以上にね」

お父様は柔らかい笑みで、わたくしにおっしゃいました。

それはやはり、ラルフ様との関係を考えなければいけないということなのでしょうか……

俯（うつむ）くわたくしに、お父様は優しく話しかけます。

「シャル、そんなに難しい顔をしなくても大丈夫だよ」

「お父様……」

「私はラルフリード殿下と婚約させたかったと言ったけれど、別に期待に沿わなくてもいいからね。私はシャルがどんな答えを出したとしても、永遠にシャルの味方だよ。だからいっぱい悩んで答えを出すといい」

お父様はわたくしのことを愛（いと）しそうに見てくれました。

「……お父様、ありがとうございますわ」

わたくしはいつもお父様の温かい愛に包まれて、幸せですわ……

少し気持ちが楽になった気がして、わたくしもお父様に微笑みました。


その翌日。

わたくしは、レティお姉様からお呼ばれされて王宮に来ておりますわ。

本当は、ラルフ様への答えが出ていない今は王宮に行くのはちょっとだけ気まずいですが、久しぶりにレティお姉様に会えるので思い切って来ました。

レティお姉様は、手入れされた綺麗な花々が咲き誇る庭にいらっしゃいました。

ただ、そこにいたのはレティお姉様だけではありません。

レティお姉様の他に、四人の女性がいらっしゃいました。レティお姉様のお友達であり、補佐をされている方々です。わたくしは驚きつつも、皆様に会えることを嬉しく思います。

近づいていくと、レティお姉様がわたくしに気づきましたわ。

「シャル！　次期公爵の挨拶に来てくれて以来ね！　会えて嬉しいわ！」

レティお姉様は笑顔でそう言ってわたくしのところに来ると、抱きしめてくれました。

「レティお姉様！　わたくしもレティお姉様に会えて嬉しいですわ！　しかし、ご挨拶がまだなのですが……」

「そんな堅苦しいことはなしでいいのよ！　今日は公式ではないのだから、マナーなど気にする必要はないわ！」

レティお姉様はそうおっしゃって、ぎゅうっとさらに強く抱きしめられますわ。

「レティお姉様、そろそろ苦しいのですが……」

「あら。シャル、ごめんなさい。あまりにもシャルが可愛らしくて」

テヘッとしながらおっしゃる、レティお姉様。そんなレティお姉様も可愛らしいですわ。

しかし、レティお姉様はいいとしても、他のお姉様達もいるのでご挨拶をしなければ。

「ごきげんよう、イザベラお姉様、エリーゼお姉様、ケイリーお姉様、ブレアお姉様。お姉様方、お久しぶりですわ！」

「ごきげんよう、シャル」

「ごきげんよう。本当にお久しぶりね！」

「ごきげんよう、会えて嬉しいわ」

「ごきげんよう。相変わらず、シャルは可愛いわね」

四人のお姉様はレティお姉様と同い年です。わたくしがレティお姉様を訪ねると、四人のお姉様達もいつもわたくしのことを妹のように可愛がってくださるの。

元々、イザベラお姉様達はこの国の方ではありません。ストムヒル王国というところからレティお姉様が連れて来た方々ですわ。

なんでも、レティお姉様が遊学した際に、この国にスカウトしたらしいですわ。

ストムヒル王国は男尊女卑が激しい国で、女性にはよき妻、よき母であること以外の能力を求めないのだそうです。

四人のお姉様達はストムヒル王国の女性には珍しく、勉学を好む方々ですわ。

レティお姉様に会った当時にお姉様達はそれぞれお家の事情が複雑だった上に、婚約者に悩まされていたようです。

ご実家の後ろ盾がない彼女達が難ありの男性に嫁げば、ストムヒル王国では彼女達の能力は捨てられるのと同義。それはあまりにも惜しいと、レティお姉様はベネット王国に来ないかと誘いました。四人のお姉様達は、レティお姉様の提案をすぐに受け入れたそうです。

レティお姉様の予想通り、お姉様達は優秀で、レティお姉様の治世には必要な方々ばかりですわ。

「そろそろ、座ってお茶にしましょう。久しぶりにみんなで会えたことだし、たくさんお話しましょうね！」

レティお姉様はキラキラとした笑顔でわたくし達を見ながらおっしゃいました。

しばらくはお茶を楽しみながら、穏やかにレティお姉様達とお話をしていましたわ。

すると、レティお姉様がわたくしのほうを見て、労るようなお声でおっしゃいます。

「シャル、大変だったわね……。スティーブのことに加えて、あんなことがあったでしょう」

「レティお姉様、わたくしは大丈夫でしてよ？　確かにスティーブに裏切られたことは少しだけ落ち込みましたが、怒りをスッキリできたから問題ないですわ。それにザカリーのことに関しては、ラルフ様もご協力してくださったから……。レティお姉様も知っているでしょう？　わたくしはそんなにか弱くないですわ」

わたくしはレティお姉様に笑ってそう言ってみせます。

けれど、レティお姉様や、イザベラお姉様達は困ったようなお顔をしますわ。

あら？　何故困ったようなお顔をなされるのでしょう？

「シャル、強がらなくていいのよ？」

「本当に、強がりなんだから……」

「そうよ、わたくし達の前では無理をしなくていいのよ」

レティお姉様とイザベラお姉様、エリーゼお姉様がおっしゃいますわ。

ケイリーお姉様とブレアお姉様も、うんうん頷いています。

しかし、わたくしは無理に強がってはいないのですが……

すると、お姉様達は話しているうちに怒（いか）りが湧（わ）いてきたようです……

「あの男、本当に調子に乗って……」

「わたくし達の可愛いシャル以外に現（うつつ）を抜かすなんて……。とても信じられませんわ！」

ケイリーお姉様とブレアお姉様は綺麗なお顔を歪（ゆが）ませておっしゃいますわ。

「ザカリーの件に関しましても怒（いか）りを覚えますわ！　本当はわたくし達も懲（こ）らしめてやりたかったのですがね……」

「そうですわね……。しかし、その役はわたくし達ではありませんでしたものね」

「ふふっ、ラルフに任せたほうが何かとよかったですしね！」

イザベラお姉様は氷のような笑みを浮かべながら、恐ろしいことをおっしゃっていますわ……

それに、エリーゼお姉様とレティお姉様は、懲（こ）らしめる役はラルフ様だと。

これは、もしかして……レティお姉様以外のお姉様達にも、ラルフ様の気持ちとわたくしの気持ちが知られているのでしょうか？

そんなことを考えていると、レティお姉様はさらに怒（いか）りをあらわにします。

「それにしても、わたくしは悔（くや）しかったですわ！」

「……レティお姉様？」

「だって、わたくし、シャルと姉妹になることが夢だったのよ！　それを無情にも奪った奴が、シャルを裏切るなど……。やっぱり、許せないわ！」

「お、お姉様！　落ち着いてくださいまし！」

わたくしはヒートアップするレティお姉様を宥めます。

レティお姉様達が怒ってくださるのは嬉しいですが、ちょっと過激ですわ……

レティお姉様は、何回か深呼吸をすると落ち着きを取り戻しました。

「……ごめんなさい。取り乱したわ」

「いいえ、わたくしもスカーレット様のお気持ちはよくわかりますわ」

イザベラお姉様がそうおっしゃっています。それは、どういうことでしょうか……？

わたくしが困惑していると、落ち着きを取り戻したレティお姉様が問います。

「今日はね、シャルに何か悩んでいることがあるのではないかと思って呼んだの。シャル、どうかしら？」

「!?」

レティお姉様にそう言われ、わたくしは一瞬ドキッとしますわ。

今、悩んでいることとはラルフ様のこと……。それをまさか問われるとは思いませんでした。

「ふふっ。シャル、そんなに固まらなくても……」

「レティお姉様はご存じなのですか……？」

ラルフ様がわたくしに告白したことを……

わたくしの思いを見透かすように、レティお姉様はおっしゃいましたわ。

「ラルフから直接聞いたわけじゃないわ。実はね、アレクおじ様がわたくしに頼みに来たのよ」

「……お父様が？」

「ええ、アレクおじ様がシャルのことについてお願いがあると真剣に言ってくるものだから、わたくし、あなたに何かあったのかと心配したのよ？」

レティお姉様はその時のことを思い出しながら、話してくださいました。

「『可愛い愛娘(まなむすめ)がラルフ様に告白されたようで、何か悩んでいるようなのです。恋愛のことについては、父親の私には相談しづらいのかもしれません。妻が生きていれば、女同士悩みを打ち明けたかもしれないですが……。スカーレット殿下、もしお時間ができたら、シャルと話してみてはくれませんか？　誠に勝手なお願いですが、シャルの悩みを聞いていただきたいのです』とアレクおじ様から言われたわ。わたくしとシャルだけで話すのもいいけど、恋愛トークならわいわい話したほうがいいと思って、イザベラ達も呼んだのよ。イザベラ達なら信頼できるでしょう？」

レティお姉様はわたくしを見ながら、ふふふっと笑いました。

イザベラお姉様達も笑っていますわ。

ですが、わたくしだけは表情が固まりました。

まさか、お父様がわたくしのことをレティお姉様に相談しているとは思いませんでした……

そんなにわたくしは、お父様にご心配をおかけしていたのでしょうか？

しかし、そんなわたくしの思いまでレティお姉様にはお見通しでした。

「シャル、親がいつでも子を心配するのは当たり前でしょう？　そんなに申し訳なさそうな顔をするのはおやめなさい。シャルも親になって、その気持ちはわかるでしょう？」

レティお姉様に優しく注意され、ハッとします。

確かにルークのことを心配するのは当たり前です……

いくら大人になったとはいえ、お父様にとってはわたくしは子供。親にとってはいくつになっても子は子。わたくしを心配するのは当たり前……ですわね。

「レティお姉様、申し訳ありませんわ……」

「別に謝らなくてもいいのよ。まあ、アレクおじ様はいくつになってもシャルが可愛くて仕方がないのよ。幸せになってほしいから心配するの」

レティお姉様はわたくしに柔らかく微笑みました。

「それで、シャルは何を悩んでいるのかしら？　ラルフの告白についてなのでしょう？」

レティお姉様が再びそう問いかけてきますわ。

せっかくお父様がレティお姉様に相談をしてくれましたし、レティお姉様もこうしてわたくしにお時間をくださいました。

わたくしはお姉様達に自分の悩みや迷いを打ち明けることにいたしましたわ。

「はい、その告白の答えについて、なかなか決心できずにいるのですわ……」

「どうして決心がつかないのかしら？」

「ラルフ様から告白されて、わたくしはとても嬉しかったのです。……でも、ラルフ様にはわたくししではなく、離縁しておらず、子供もまだいない女性のほうが相応しいと思ってしまって……」

レティお姉様達は、わたくしの話を真剣に聞いてくださいます。

「シャルはラルフリード殿下のことが好きなんでしょう？」

ブレアお姉様にストレートに問われました。

自分のラルフ様への気持ちを言うのは恥ずかしいです……

今までずっと、ラルフ様への想いには蓋をしてきました。

初恋には区切りがついている。そう思っていたのに、最近の出来事でラルフ様への気持ちが大きくなっていることに気がつきましたわ。

口にするのは少し躊躇ってしまいます。けれど……

「……はい。わたくしはラルフ様のことが好き、ですわ」

わたくしの返事に、レティお姉様達は、それはそれはいい笑顔をしています。

「それなら、自分に正直になって、ラルフリード殿下によいお返事をしたらどうかしら？」

エリーゼお姉様はそう言います。

しかし、もうひとつ、わたくしが思い留まってしまう理由がありますわ。

すぐにエリーゼお姉様に答えないわたくしに、レティお姉様はおっしゃいます。

「他に何かあるのね？」

「わたくしは怖いのかもしれません……」

「怖い？」

不思議そうな顔をするレティお姉様に、わたくしは頷きました。

「はい。いくら大丈夫だと思っていても、考えてしまうのです。また結婚をしても、また裏切られるかもしれないと……」

「……」

レティお姉様達は何も言わずに聞いてくれています。

「ラルフ様はスティーブとは違うと思っていても、心の中でどこか考えてしまうのです。いつか、わたくしではない人に夢中になってしまうのではないかと……。もし、ラルフ様に裏切られたら、わたくしはどうにかなってしまうと思うのです……。だから、これ以上を求めなければ幸せでいられる。そんな気持ちもあるのですわ」

わたくしはレティお姉様達に不安を話しました。

お姉様達は決してわたくしの話を馬鹿にすることなく真剣に耳を傾けてくださいました。

「シャル、絶対にラルフは大丈夫などとは言わないわ。人は心変わりをするかもしれないから」

レティお姉様がそうおっしゃいます。わたくしはやっぱりと思い、顔を俯けました。

けれど、レティお姉様はクスクス笑いましたわ。

「でもね、シャル。考えてみて。ラルフはね、出逢った時からシャル一筋なの。シャルが結婚しても、子供がいようとも、シャルのことしか考えてないのよ。我が弟はね」

「レティお姉様、そんなラルフ様だからこそ、わたくしではなく他の女性のほうが……」

「そんな辛そうな顔をして、それでも他の女性をラルフリード殿下に勧めるの？　本当に、シャルはシャル以外の女性がラルフリード殿下の隣にいてもいいの？」

「っ⁉」

イザベラお姉様に言われたことが、わたくしの心に突き刺さりますわ……

わたくしはそんなに辛そうな顔をしながら話していたのですね。

ラルフ様には他の女性が相応しいと思いながらも、ラルフ様の隣に他の女性が立つことなど、想像できませんでした。いえ、したくありませんでした……

「わたくしはあえて厳しく言いますわ。シャル、あなたは自分が傷つきたくないがために、ラルフリード殿下に他の女性を勧めているのですわ。でも、シャルはそう言いながら、ラルフリード殿下の隣に他の女性が立つことを想像しただけで、勝手に辛そうにする。そんなの自分勝手すぎますわよ？　それに、ラルフリード殿下にも今のあなたの考え方では失礼ではなくて？　せっかく勇気を出して気持ちを伝えてくれたのに」

「……」

イザベラお姉様のおっしゃることに、わたくしは何も言えませんわ……

すると、イザベラお姉様は少しだけ声音を優しくしました。

「シャル、あなたも正直になりなさい。一度離縁したから、子供がいるからなどと考えずに、自分自身の気持ちだけを考えなさい」

わたくしの気持ち……。わたくしの気持ちだけを、正直に……

わたくしは……ラルフ様のことが、好きです。

イザベラお姉様に叱咤されて気づきました。

わたくしの中では、最初から答えが決まっていたことに。

わたくしの気持ちの変化に、レティお姉様も気づいたようです。

「ふふっ。シャル、答えは決まったようね」

「はい、イザベラお姉様に言われて気がつきましたわ」

わたくしは自分が傷つきたくないがために、一度離縁したことや、ルークがいることを口実に、ラルフ様の気持ちから逃げていただけだと。

本当はラルフ様のことが大好きで、他の女性にラルフ様を絶対に取られたくないという気持ちも、考えないようにしていました。

でも、それはイザベラお姉様の言う通り、自分勝手なことでした。

ラルフ様はわたくしに、誠実に真剣に想いを伝えてくれましたのに……。

イザベラお姉様に気づかされたあとはもう、迷うことなどありませんでした。

わたくしは晴れ晴れとした表情で、顔を上げます。

レティお姉様はにこやかに笑いながら、おっしゃいました。

「それじゃあ、その想いは直接本人に伝えなくてはね！」

そう言ったあと、レティお姉様は何やら含みのある笑みを浮かべます。

「そろそろ、シャルが城に来ていることを聞きつけたラルフが、ここへ来ると思うわよ」

「っ!?」

ら、ラルフ様がこちらへいらっしゃるのですか⁉

まだ心の準備ができていないことに焦りますが、早くラルフ様にこの想いを伝えたい気持ちもあります。

わたくしはそわそわと落ち着かないまま、ラルフ様が来るのを待ちました。

それにしても、本当にラルフ様はこちらへいらっしゃるのでしょうか？

レティお姉様の言うことを疑うわけではありませんが、少しだけそう思います。

「シャル、本当に来るわよ。ラルフは」

レティお姉様はそうおっしゃると、ふふふっと無邪気に笑いました。

その時、レティお姉様の側付きの者が来て、ラルフリード殿下がいらっしゃったと伝えました。

「こちらに通していいわよ」

「畏まりました」

レティお姉様は側付きの者の背中を見送ったあと、わたくしに悪戯が成功した子供のようなお顔を向けます。

「ねっ！　シャル、わたくしが言った通りにラルフは来たでしょう？」

「そ、そうですわね」

レティお姉様には、本当に敵いませんわ。全てを見透かされているような気分になります。

それとは別に、ラルフ様がこちらへいらっしゃることが現実になり、わたくしは少しずつ緊張してきました。

そんな中、ラルフ様はいらっしゃいました。

「姉上、皆様方、突然来て申し訳ありません」

「あら、ラルフが来ることは想定済みよ。それにあなた、そんなに悪いと思っていないでしょう？」

「姉上には敵（かな）いませんね……。ですが、姉上とて、僕がここへ来るように仕向けたくせに」

「ふふふっ」

レティお姉様はまた悪戯（いたずら）が成功した子供のように笑っていますわ。

一方でラルフ様は微苦笑を浮かべています。

「姉上、わかっているならシャルをお借りしますよ」

「ええ、どうぞ。シャル、ラルフに想いを伝えてきなさい」

「っ!!」

これから、ラルフ様にわたくしの想いを伝える……

ドキドキという心臓の音が、周りにも聞こえそうなほど大きくなっていますわ。

緊張しているわたくしをよそに、レティお姉様とラルフ様は何やらコソコソと話しています。

二人がニヤリとしたあと、ラルフ様はわたくしに手を差し伸べました。

「シャル、突然ですまないけど、僕と一緒に来てくれる？」

わたくしは緊張しながら、ラルフ様の手に自分の手を添えます。

「はい。わたくし、ラルフ様にお伝えしたいことがありますの……」

「うん。それじゃあ、行こうか」

その前にレティお姉様達にお礼を言わなくては……

わたくしはお姉様達を振り返り、軽く礼をします。

「お姉様方、本日は本当にありがとうございました」

「いいのよ！　可愛いシャルのためならいくらでもこうしてお話しするわ！」

「次は子供達も連れてきて、お茶でもしましょう」

お姉様達はにこやかに笑っています。

わたくしは今日のことをお姉様に感謝しつつ、ラルフ様と一緒に歩いていきました。

◆　◆　◆

ラルフリードとシャーロットの背中が遠ざかるのを見て、スカーレットは近い未来に思いを馳(は)せた。

「楽しそうですわね」

イザベラにそう言われて、スカーレットは答える。

「楽しみよ！　だって、やっとシャルがわたくしの妹になるんですもの！」

初めて出逢った時、シャーロットを見て天使のようだと思った。

そして、この子が自分の妹になったらいいのにと。

それから成長していく姿を間近で見て、さらにシャーロットが可愛く思えた。

「レティお姉様」と無邪気に慕ってくれる姿も、次期女公爵として努力をしている姿も。

どんな姿も好ましく、ぜひラルフリードと結婚してもらって、自分の本当の妹にしたかった。

だが、一度は諦めた。

シャーロットがあの馬鹿男と結婚をしてしまったからだ。

しかし、その馬鹿男のお陰で、もう一度シャーロットを妹にするチャンスが来た！

彼女を好いているラルフリードが動くのは当たり前だが、スカーレットも全力で手伝った。

全ては、シャーロットをスカーレットの妹にするために……

そして、現在。

友人達にも手伝ってもらったことで、シャーロットはラルフリードへの想いに正直になった。

これで、スカーレットが思い描いた未来はもうすぐ……

ふと、スカーレットは先ほどラルフリードが耳打ちしてきたことを思い出す。

『感謝するかどうかは、シャルの答えを聞いてからですよ』

『まあ、生意気ですこと……』

意地悪く微笑む弟に、スカーレットもニヤリとして返していた。

「……本当に、楽しみだわ～」

スカーレットはそう言うと、優雅にお茶を飲んだのだった。

◆　◆　◆

レティお姉様達と別れたあと、ラルフ様に連れて来られたのは、広い王宮の庭の中にある、緑豊かな木々に囲まれたガゼボでした。

今、目に見えるところには誰もおらず、ラルフ様と二人きり。

わたくしはドキドキと緊張しながら、ラルフ様のことを見ましたわ。

「シャル、あの日以来だね」

「ええ、そうですわね」

ラルフ様から話しかけられるけれど、今までのように上手く返せません……

そんなわたくしの心の内を知ってか知らずか、ラルフ様は切り出しました。

「シャル、僕に伝えたいことがあるのだろう？　それは、この前の返事かな？」

「っ！　……はい」

ラルフ様は緊張したようなお顔になりました。

わたくしもラルフ様へ想いを伝えるためにドキドキしていますが、ラルフ様はわたくしから返事を聞くのに緊張しているのですね。

そう思うと、少しだけ肩の力が抜けました。

緊張しているのは、わたくしだけではないことに。

「長らくお待たせいたしまして、申し訳ありませんわ」

「いや、いいんだよ。僕はいくらでも待ったさ」

ラルフ様は穏やかに笑ったつもりでしょうが、少しだけ笑顔が硬いですわ。

わたくしはラルフ様の見たことのなかった表情が見られて、愛しく思いました。

ラルフ様への想いに気づいてから、どんどん溢れていきます。

そんな気持ちを込めて、わたくしはラルフ様に言います。

「ラルフ様、わたくしの想いを聞いてくださる？」

「うん、聞くよ」

一度、深呼吸をしました。

「ラルフ様から告白された時、とても嬉しくて、すぐにでもラルフ様の手を取りたかったのです。……でも、わたくしは臆病になっていましたの。だから何かと言い訳をして、ラルフ様の想いには応えられない、わたくしでは相応しくないと思い込んでいましたの。ラルフ様は他の女性と一緒にいるほうが、幸せになれるのではないかと……」

「……」

ラルフ様はわたくしの話を真剣な表情で聞いてくださいます。

「ですが、先程お姉様方に言われて気がついたのです。自分で気づけなかったことは恥ずかしいですが、わかりましたわ。わたくしの答えはひとつしかなかったことに」

わたくしはラルフ様の目を見て、想いが伝わるように願いながら口を開きます。

「わたくしはラルフ様のことが、好きです。わたくしも出逢った時から、ラルフ様のことが大好きでした。ラルフ様を他の女性には渡したくないほどに、ラルフ様のことが好きですわ」

「シャル」

ラルフ様は、嬉しそうに声を漏らします。

最後まで気持ちを伝えようと、わたくしは微笑みました。

「だから、ラルフ様。……わたくしとルークの家族になってくれますか？」

わたくしがそう言うと、ラルフ様は泣きそうな笑顔になりました。

「もちろんだよ、シャル！　絶対、絶対、僕がシャルもルークも幸せするよ！　……ああ、嬉しいよ。本当に、本当に……」

ラルフ様はそう言いながら、わたくしのことを抱きしめてくれました。

それから、わたくしのことを愛しそうに見つめると、そっと口付けをしてくれましたわ。

わたくしは今、とっても幸せです……

そう思いながら、そっと瞼を閉じました。

エピローグ

ラルフ様と想いが通じ合ってから、五年が経ちましたわ。

あれから、ラルフ様はわたくしをこれでもかというほどに愛してくれます。それは今でも変わりません。

わたくしは、五年前にラルフ様に告白された我が家のガゼボでお茶を楽しんでいます。

すると、可愛らしい声がわたくしのことを呼びますわ。

「母上ー！」

「おかあしゃまー！」

その声のほうを見ると、二人の子供が笑顔でこちらへ向かってきていました。

あんなに甘えん坊だったルークは五歳になりました。

ルークは小さな妹と手を繋ぎ、転ばないように注意しながらこちらへ駆けています。すっかり立派なお兄様ですわ。

そんなルークの手をしっかり握っているのは、三年前に生まれたラルフ様との子、リリアーナ・サンチェスです。

わたくしと同じ銀髪に、ラルフ様と同じ赤い瞳。

両親の特徴をそれぞれ持って生まれた、わたくしの可愛い娘です。

そんな愛しい我が子達を、わたくしは笑顔で迎えます。

「ルーク、リリー」

「母上！」

「おかあしゃま！」

二人は嬉しそうにわたくしの側へ来ますわ。

リリーがわたくしに勢いよく抱きつこうとしましたが、ルークがストップをかけました。

「おっと……。リリー、母上には優しく抱きつかないとダメだよ。母上のお腹の中には、弟か妹がいるんだから。リリーもお姉様になるのだから、気をつけなきゃね」

そう、ルークが言う通り、わたくしは妊娠しておりますの。

リリーは自分がお姉様になることを、それはそれは楽しみにしています。

ルークから優しく注意され、リリーはハッとしました。

「そうでしたわ！　やさしく、やさしく……」

そうつぶやきながら、リリーはトコトコとわたくしに近づいてきて、抱きついてきましたわ。そんなリリーをわたくしは抱きしめ返します。

まだまだ甘えん坊なリリーですが、お腹の子が産まれたら、ルークみたいにしっかり者のお姉様になるのでしょうか？

そんなことを思いつつ、可愛らしい子供達の様子を見ていると、思わず頬が緩みました。

すると、そこへ新たな声が聞こえます。

「みんな、ここで何をしているのかな？」

やってきたのはラルフ様でした。

「おとうしゃまー！」

「父上！」

リリーとルークは、すかさずラルフ様のもとに駆け寄ります。ラルフ様も二人の子供達を迎えるように、両手を広げました。

ルークとリリーはその腕の中に飛び込んでいきましたわ。それをなんなく受け止めるラルフ様。

「ただいま、ルーク、リリー」

「お帰りなさい！　父上！」

「おかえりなしゃい！　おとうしゃま！」

ラルフ様はルークとリリーを両手に抱っこして、わたくしのところへいらっしゃいました。

そして一度子供達を下ろすと、わたくしのことも抱きしめてくれましたわ。

「ただいま、シャル」

「お帰りなさい、ラルフ様。早かったですわね？」

「もちろんさ、シャルとお腹の子が心配だからね。執務のスピードを上げて早く帰れるようにしているんだ。シャル、今日の体調は大丈夫かい？」

「ふふっ、大丈夫ですよ。ラルフ様は心配しすぎですわ」

リリーを妊娠している時もそうでした。ラルフ様はわたくしとリリーが心配だからとお仕事を早く終わらせて、一緒にいられる時間を作ってくださったのです。

「しかし、僕がいない時に産気づいたら？　それが心配だよ」

ラルフ様はそう言うと、わたくしのお腹を撫でますわ。

すると、ラルフ様の真似をして、リリーにも撫でられます。そして、遠慮がちにルークも。

そんな光景に、わたくしは思わず笑い出してしまいました。

「ふふふっ」

「おかあしゃま、なんでわらっているのー？」

そう言ってくるリリーも楽しそうに笑っていますわ。

「ふふふっ、お母様は幸せ者だなぁって思っていたの」

ルークを妊娠している時は元夫の裏切りにあい、ひとりでも強くいなければと思っていましたから。

それが今では、愛しい旦那様と可愛い子供達に囲まれ、そして新たな子も産まれるのです。

こんなに幸せになれると思いませんでした。

「みんなありがとう。わたくしを幸せにしてくれて……」

わたくしがそう言うと、ラルフ様もルークもリリーも、幸せそうに笑ってくれました。

新＊感＊覚ファンタジー！

レジーナブックス Regina

人助けしたら、
ヤンデレ開花させちゃった!?

一宿一飯の恩義で 竜伯爵様に抱かれたら、 なぜか監禁されちゃいました！

当麻月菜（とうまるな）
イラスト：秋鹿ユギリ

電車に轢（ひ）かれ、あわや……という瞬間、異世界に転移したアカネ。運よくデュアロスと名乗るイケメンに保護され、平和な生活を送っていたある日、彼が何者かに超強力な媚薬を飲まされ、命の危機に！　彼を助けるにはナニをし、薬の排出を促すしかない。「今こそ一宿一飯の恩義を返すとき！」――アカネは我が身を捧げ彼を救ったのだけれど、その後なぜか彼から監禁されてしまって!?

詳しくは公式サイトにてご確認ください。

https://www.regina-books.com/

携帯サイトはこちらから！

[原作] 夜船 紡
[漫画] 園太デイ
RC Regina COMICS
とある小さな村のチートな鍛冶屋さん
1
大好評発売中!
アルファポリス
webサイトにて好評連載中!
待望のコミカライズ!
ある日、神様の手違いで命を落とし、異世界に転生したメリア。神様はお詫びに、10歳の体と憧れていた鍛冶スキルを与えてくれた。毎日大好きな鍛冶ができるなんて、最高すぎる! と、日々を満喫していたメリアだったけれど、実は彼女の鍛冶スキルは超チート。周りが放っておかなくて——!?
神様印の鍛冶スキルでレアアイテム作ります!
愛され転生少女の異世界のびのび創作ぐらし!!
アルファポリス 漫画 検索
B6判/定価:748円(10%税込)
ISBN:978-4-434-29514-0